小嗝嗝．何倫德斯．黑線鱈三世，

是這個故事的英雄，雖然他看起來不像。

小嗝嗝註定要當族長，所以他得成為特定領域

的英雄，那個領域就是「劍鬥術」。

但就在他開始學習劍術時，一個六呎半長的棺

材漂了過來，棺蓋上寫著：

注意！請勿打開這個棺材

接下來會發生什麼事呢？

為了尋找小嗝嗝祖先留下的祕寶，

大家將踏上**可怕**的旅程……

和小嗝嗝一起展開冒險吧

（雖然他還沒發現自己已經開始冒險了……）

失落的王之寶物預言

「龍族時代即將到來，
只有王能拯救你們。
偉大的王將是
英雄中的英雄。

集齊失落的王之寶物者，將成為君王。
無牙的龍、我第二好的劍、
我的羅馬盾牌、
來自不存在之境的箭矢、
心之石、萬能鑰匙、
滴答物、王座、王冠。

最珍貴的第十樣，
是能拯救人類的龍族寶石。」

鼻涕粗

全班第一名，精通
亂撞球、進階無禮術、
無謂暴力等科目

無腦狗臭

鼻涕粗的狐群狗黨

阿爾文

老實的窮農夫

火蟲

鼻涕粗的龍

打嗝戈伯

負責海盜
訓練課程
的老師

小嗝嗝

這個故事的英雄

沒牙

小嗝嗝頑皮的小龍

小嗝嗝的摯友

魚腳司

偉大的史圖依克

小嗝嗝的父親，毛流氓部族的族長（很凶暴，但腦袋不太靈光）

恐牛

魚腳司的龍

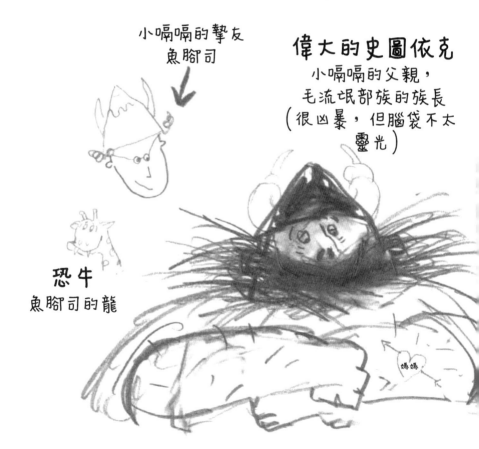

本書獻給我外公艾倫、我父親麥克、我弟弟卡斯帕、我丈夫賽門和我兒子亞歷山大。

愛你們的 C.C.

特別感謝賽門・科威爾、卡斯帕・海爾、提娜・賈拉法與安德莉亞・瑪拉斯科瓦的支持與幫助。

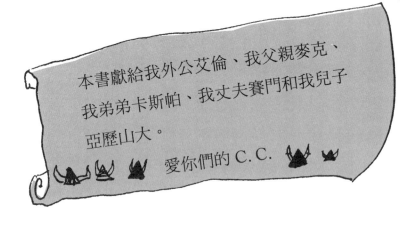

HOW TO TRAIN YOUR DRAGON

馴龍高手 II

尖頭龍島與祕寶

How To Be A Pirate

克瑞希達・科威爾

Cressida Cowell

二〇〇二年夏季，一名男孩在海邊挖到裝了以下這疊紙的盒子。

這是小嗝嗝．何倫德斯．黑線鱈三世的回憶錄第二卷，我們原以為這位知名維京英雄、龍語專家與劍鬥士的第二本回憶錄永遠消失了，沒想到它能重見天日。

這本回憶錄記載了小嗝嗝得到寶劍，以及和死對頭——流放者部族最殘忍、最崇高的族長——初次見面的故事。在這本書中，他發現了恐怖陰森鬍與寶藏的祕密……

目錄

非實際比例
北
東
西
南
流放者部族領地
寶藏
就在
骷髏頭。
和平國度
傻瓜雙島
博克島
食人島

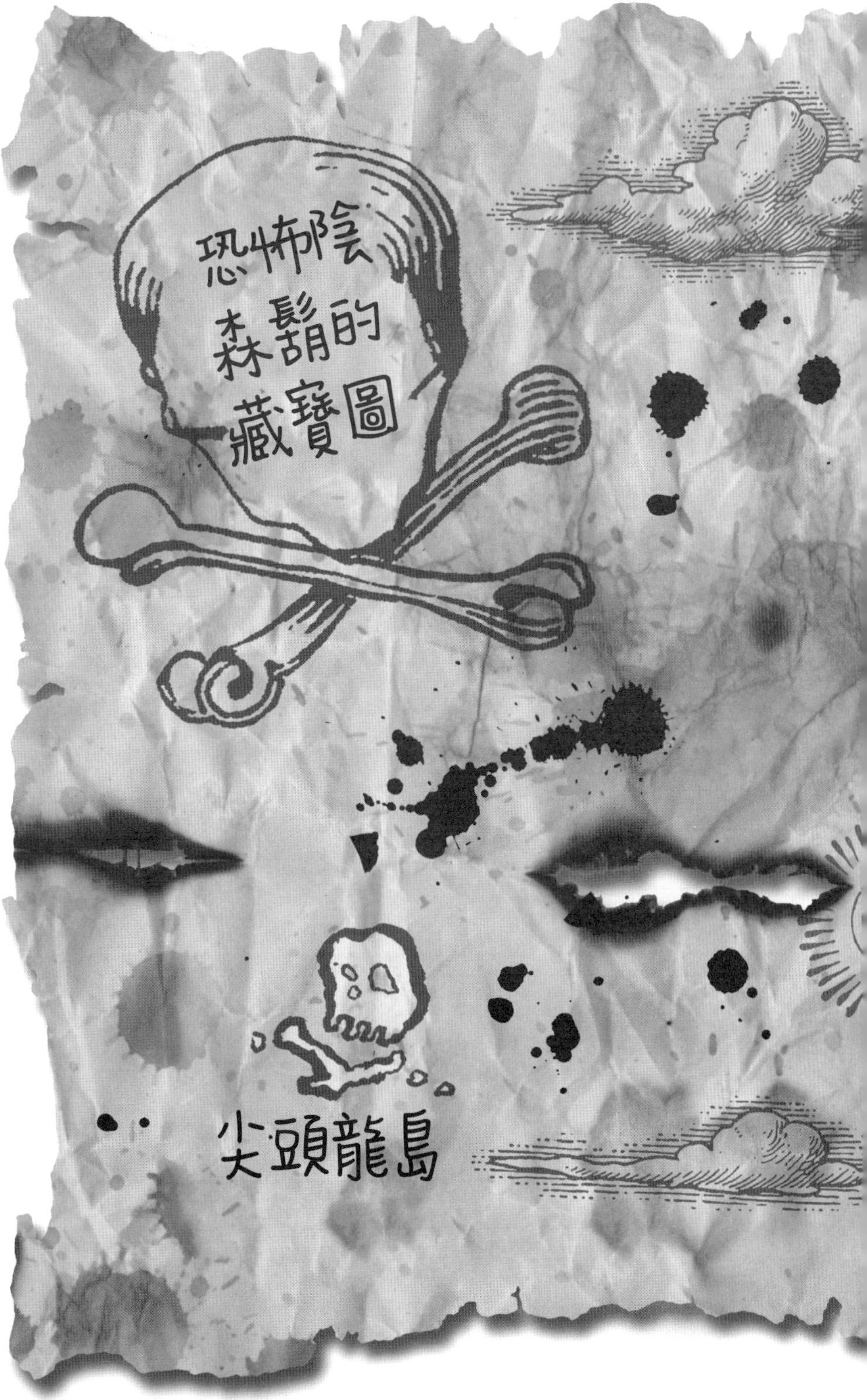
恐怖陰森鬍的藏寶圖
尖頭龍島

第一章　海上鬥劍（菜鳥限定）

索爾非常不高興。

祂讓夏季暴風雨擾亂博克島四周的海域，狂風捲過凶暴的浪濤，憤怒的雷聲在空中隆隆作響，閃電還不時刺入大海。

只有瘋子會在這種天氣開船出海。

可是索爾萬萬沒想到，這時候竟然有「一艘」船在海上，被滔天海浪捲得劇烈搖晃。飢餓的海水啃咬著船身，希望能讓船傾覆，吞食船上每一個靈魂，再把那些人的骨頭磨

落湯雞們，聽好了！
打嗝戈伯大喊。

成細沙。

這艘船的瘋子船長是打嗝戈伯，他是博克島海盜訓練課程的老師，今天和船上其他人一起出海，其實是為了上「菜鳥限定的海上鬥劍課」。

「**落湯雞們，聽好了！**」身高足足六呎半的戈伯大喊。戈伯全身毛茸茸的，而且肌肉糾結，臉上的大鬍子像隻發狂的貂，兩條手臂的二頭肌和正常人的頭一樣大塊。「**我的老索爾啊，你們又不是那些花瓶水母，快點，用力……小嗝嗝，你怎麼划船划得像個八歲小孩？船槳扁平的部分要浸到水裡……再這樣下去你們划一整年也到不了目的地……**」他罵個不停。

大浪怒吼著打在小嗝嗝．何倫德斯．黑線鱈三世的臉上，小嗝嗝只能咬緊牙關。

雖然小嗝嗝個子矮小，長相也毫不出奇，一點英雄氣概也沒有；實際上，他就是這個故事裡的英雄。

船上還有另外十二個男孩正努力划船，和小嗝嗝比起來，他們每個人都更

像個真正的維京英雄。

舉例來說，疣阿豬才十一歲，臉上卻已經有很多青春痘，身體也散發陣陣狐臭了。狗臭可以一隻手挖鼻孔，一隻手划槳，卻划得和其他人一樣好。鼻涕粗是個天生的領袖。阿呆有耳毛。

可是小嗝嗝非常普通，他長得不特別、身材瘦瘦的、臉上有一些雀斑，他站在人群中都不會有人注意到他。

大家坐在長凳上划船，凳子下躲著十三隻龍，一隻龍配一個男孩。

小嗝嗝的龍比其他人的龍還要小很多，牠的名字叫沒牙，是擁有一雙大眼的鮮綠色普通花園龍。這時候，牠一臉鬱悶地蜷縮在椅子下。

牠用龍語對小嗝嗝抱怨。（註1）

「這些維京人都瘋、瘋、瘋了，沒牙的翅膀都沾、沾、沾到鹽了啦，沒牙只能坐在溼答答冷

註1 龍語是龍的母語，我知道有些讀者不太會說龍語，所以我把沒牙說的話翻譯成中文，但實際上這種神奇的語言只有小嗝嗝聽得懂。

龍翅可以當雨傘用，非常方便……

冰冰的地板上，沒ㄌ肚、肚、肚子餓……快、快、快餵我吃東西。」牠拉拉小嗝嗝的褲管。「**沒ㄌ現！在！就、就、就要吃飯。**」

「沒牙，對不起，」船又隨著巨大的海浪陡然下沉，小嗝嗝緊張地皺起整張臉。「**我現在沒辦法給你吃東西……**」

「**我的老索爾啊，**」戈伯大叫。「你們這群『沒用的小孩』是怎麼成為毛流氓部族正式成員的？不管怎樣，你們還得接受四年嚴格的訓練，通過海盜訓練課程，才能真正成為『維京英雄』。」

好棒棒。小嗝嗝悶悶不樂地想。

「我們首先來練習最重要的維京技能……『海上鬥劍』。」戈伯笑嘻嘻地說。「海盜鬥劍只有一條規則，那就是……**沒有任何規則**。上這堂課的時候，咬人、挖眼睛、用指甲抓人或是用特別凶殘的方式傷害別人，都可以加分，第一個喊『我投降』的人就是輸家。」

「說不定還沒打完，」小嗝嗝咕噥。「我們所有人都先淹死了。」

「**好，**」戈伯喊道。「**無腦狗臭第一個上場，誰要和他打？**」

無腦狗臭一想到可以讓同學受傷流血，就開心地笑了起來，他這個人不太愛用腦袋，可是他身強體壯，走路時毛茸茸的指節幾乎會垂到地上。他有雙凶惡的小眼睛，大大的鼻孔還穿了個鼻環，看上去像一頭不友善的毛毛山豬。

「誰要和狗臭對打？」打嗝戈伯又問了一次。

十個男孩舉手高喊：「喔喔喔老師選我拜託選我選我！」他們似乎恨

不得立刻被無腦狗臭打扁——這很正常，大部分的毛流氓都是這副德行。

但是這時候，就連小嗝嗝也跳了起來，大叫：「我提名我自己！我提名小嗝嗝．何倫德斯．黑線鱈三世！」

這就不太正常了，小嗝嗝雖然是偉大的族長——史圖依克——的獨生子，卻天生手腳不協調，他和好朋友魚腳司一樣，不擅長亂撞球、暴打和其他暴力的維京人遊戲。

魚腳司則是有瞇瞇眼、跛腳、對各種東西過敏，而且四肢完全不協調。

「你怎麼了？」魚腳司小聲問。「笨蛋，快坐下來啊……你跟他打，只會死得很慘……」

「魚腳司，別擔心，」小嗝嗝說。「我沒問題的。」

「好啊，**小嗝嗝**，」戈伯驚訝地大聲說。「你上來讓我們見識見識你的劍技。」

「如果我以後要當毛流氓部族的族長，」小嗝嗝一邊脫外套、把劍扣在腰帶上，一邊對魚腳司說。「那我至少要當『某一方面』的英雄吧……」

「相信我，」魚腳司說。「**你絕對不是這方面的英雄**……你有很多聰明的想法，還知道怎麼跟龍說話，可是你絕對、絕對、絕對不能跟狗臭那種大塊頭一對一作戰。」

小嗝嗝不理他。「阿倫德斯・黑線鱈家向來擅長鬥劍，我覺得我天生就有鬥劍天賦……你看我的高曾祖父恐怖陰森鬍，他可是『有史以來』最強的劍士……」

「是沒錯，可是『你自己』有練過鬥劍嗎？」魚腳司問。

「呃，沒有。」小嗝嗝承認。「可是我看過相關的書，我知道很多劍技理論，像是刺衝……毀滅者的防禦……陰森鬍扭打技……而且我還有一把新的劍，它很棒喔……」

那的確是一把好劍，名叫「尖嚇」，劍刃有加速線，劍柄還長得像雙髻鯊。

「而且，」小嗝嗝說。「我也不會真的有生命危險……」

訓練中的海盜都會用木殼套住劍刃。「要打就真打嘛，**我那個年代**可沒有這種劍套。」戈伯說。話雖這麼說，用劍套的結果是，訓練到最後能活下來的海盜人數比「戈伯那個年代」還多。

魚腳司嘆一口氣：「好吧，你瘋了，可是既然你要打，就記得一直看他的眼睛……不可以讓你的劍垂下去……還有，記得對雷神索爾祈禱一下，你現在真的很需要祂的幫忙……」

第二章　小嗝嗝vs無腦狗臭

狗臭站在甲板上，興奮地不停用腳摩擦地板。

「**狗臭，殺了他！**」狗臭的朋友與霸凌小夥伴——鼻涕臉鼻涕粗——喊道。

鼻涕粗超級痛恨小嗝嗝。

「我會的。」狗臭露齒一笑。

「他一定會死得很慘，」海蛞蝓霸道地嘶聲說。「我主人會把這個小嗝嗝撕成碎片，丟去餵海鷗。」海蛞蝓是狗臭養的龍，牠是隻醜陋的葛倫科，扁扁的鼻子像極了巴哥犬。

「我、我、我才不信。」沒牙不怎麼有信心地說。牠偷咬了一下海蛞蝓的尾巴，匆匆躲到一張凳子下。

小嗝嗝用力吞了口口水，亦步亦趨地走向身材高大的狗臭。他很努力回想《英雄手冊》的內容，手冊裡有提到，如果你的對手比你高大……你好像要躲躲閃閃，等對手累了以後，利用對方的體重打敗他……

「不、不、不要被他抓、抓、抓到！」沒牙從凳子下探出頭，給小嗝嗝建議，結果海蛞蝓撲上去用尖銳的牙齒大力啃咬，嚇得沒牙又躲回椅子下。

小嗝嗝冷靜而輕巧地踏步上前，直視狗臭凶狠無情的小眼睛。

狗臭不懷好意地微笑，胡亂揮劍斬向小嗝嗝的頭。

小嗝嗝彎腰閃過。

「小嗝嗝，**加油！**」魚腳司歡呼。「閃得好！」

狗臭一臉驚訝，他使出更大的力氣，又一次朝小嗝嗝揮劍。

小嗝嗝再次閃過。

這回他躲得很快，狗臭猝不及防地踉蹌兩步，差點跌倒。

無腦狗臭

「**小嗝嗝！小嗝嗝！小嗝嗝！**」大部分的男孩在旁邊幫他加油（小嗝嗝當時很受歡迎，因為他一個月前用計殺了威脅整個毛流氓部族的巨無霸海龍）。（註2）

小嗝嗝的心中彷彿多了一顆愉快的小泡泡。

他做得很棒！

狗臭越打越火大，他氣呼呼地用鼻子噴氣，直接衝上前刺向小嗝嗝的心臟。小嗝嗝靈巧地躲開，然後……踩到甲板上一塊滑溜的地板滑了一跤，然後……狗臭伸出一隻

註2　請見小嗝嗝的第一本回憶錄《馴龍高手》。

肥厚的手，然後……抓住小嗝嗝背後的衣服。小嗝嗝被逮到了。

好吧，他做得不是很棒。

好吧，小嗝嗝心想。**我被他抓到了，現在該怎麼辦？**

沒牙從凳子下竄出來，拍著翅膀停留在小嗝嗝面前兩、三吋的位置，放聲尖叫：「**投、投、投、投降！投、投、投降！投、投、投降！**」叫完，牠立刻鑽回安全的藏身處。

「我怎麼可以投降。」小嗝嗝氣憤地說。「我可是海盜英雄耶！海盜沒有在投降的。」

「太好了！」狗臭高興地說，說完，他用劍猛敲小嗝嗝的頭盔幾下。小嗝嗝試著阻止狗臭，可是他動作太慢，每次都來不及保護自己。

我丟臉丟到家了。狗臭的劍第三次敲擊頭盔時，小嗝嗝心想。**該試試別的招式了**。

他嘗試用「毀滅者的防禦」——小嗝嗝心目中的自己超級帥氣瀟灑，可是當腦袋對手臂下指令時，手臂的動作笨拙又無力。結果尖嚇被狗臭一把抓住，丟進大海。

觀戰的維京人紛紛輕蔑地叫喊、嘲弄著小嗝嗝。

魚腳司和沒牙忍不住皺起眉頭。「沒牙不、不、不敢看了。」沒牙用翅膀遮著眼睛呻吟。「笨人類，還不快投、投、投降！」

「你打算怎麼樣啊，小嗝嗝？」鼻涕粗嘲諷道。「赤手空拳跟他打嗎？還是乖乖『投降』？」

「才不要。」小嗝嗝倔強地說。

狗臭使出殺招，刺了小嗝嗝肚子好幾下，害小嗝嗝一時無法呼吸。「唉呀，**我的雷神索爾啊**，」戈伯不耐煩地大喊。「小嗝嗝，你怎麼打起架來像個小嬰兒？你躺在地上哀叫也沒有用，快咬他腳踝，想點辦法啊！」

「他實在太『沒用』了。」鼻涕粗幸災樂禍地說。「我不是說了嗎？他就是沒用的小嗝嗝，上個月殺大海龍只是他運氣好而已。**沒——用，沒——用，沒——用……**」

男孩這種生物很容易三心二意，他們馬上忘了小嗝嗝的偉大事蹟，開始跟著鼻涕粗高呼：「**沒——用，沒——用，沒——用……**」

在一旁觀戰的龍也叫喊起來。

「**把他的眼睛抓瞎！**」亮爪尖叫。

「**把他的翅膀扯掉！**」火蟲嚎叫。

「**快投、投、投降啊。**」沒牙呻吟道。

狗臭心滿意足地低哼一聲，把自己的劍也丟到旁邊，進行他最愛的徒手搏鬥。某方面來說，狗臭是個藝術家——陶藝師喜歡用雙手觸碰他的陶土，狗臭則喜歡用手擊打對手的身體。

狗臭在其他男孩的歡呼聲中，一屁股坐到小嗝嗝身上，一邊把小嗝嗝的臉壓在甲板上，一邊扭扯他的耳朵。

「唉呀我的干貝啊。」魚腳司閉緊雙眼。「我看不下去了。**小嗝嗝，你可以的，加油！**」他閉著眼睛呼喊。「**利用他的體重打敗他！**」

「你說，」小嗝嗝從被擠得快說不出話來的嘴巴，勉強吐出一句話。「他坐在我身上，我要怎麼用他的體重打敗他？」

大家專心看小嗝嗝被修理時，鼻涕粗偷偷撿起狗臭的劍，移除木套。

「**投降！投降！投降！**」狗臭興高采烈地上下跳動。

「我不要。」小嗝嗝很堅持。

「小小嗝嗝是不是要哭哭了？」鼻涕粗譏諷他。

「**沒——用，沒——用，沒——用。**」其他幾個男孩喊個不停。

沒牙從疣阿豬的凳子下竄出來，牠左看右看沒找到海蛞蝓的身影，倒是看到狗臭的大屁股在面前晃來晃去，那個屁股太誘人了……沒牙盡量張大嘴巴。

沒牙不愧是「沒牙」，嘴裡一顆牙齒也沒有，但牠的牙齦很硬，能輕鬆咬穿牡蠣殼、擠碎螃蟹的鉗子……

牠跳上前，全力「咬」在那個晃來晃去的屁股上。

「**啊啊啊啊啊嗚嗚！**」狗臭大吼一聲放開小嗝嗝，小嗝嗝手腳並用迅速逃走。

現在，狗臭真的真的真的火大了。

他撿起自己的劍——他可能沒注意到木套不見了，也可能早就不在乎了——瘋狂衝向小嗝嗝。小嗝嗝連忙跳開，但他動作不夠快，劍尖刺穿他的上衣，割開一道大縫。

「完了……」小嗝嗝這才發現自己麻煩大了。「狗臭，你的劍套不見了……」

狗臭根本沒在聽，他狂暴地吼叫一聲，往小嗝嗝的頭猛砍過去。小嗝嗝匆匆低頭，鋒利的劍刃深深劈入船的桅杆，小嗝嗝頭盔上其中一根角也被砍掉一

那個屁股太誘人了……

截。

「**住手啊！**」小嗝嗝躲在桅杆後高喊的同時，狗臭正大力拉扯卡在木杆裡的劍。「你的劍套掉了，再這樣下去我會被你砍死……」

狗臭這時候已經氣得聽不進人話，他強而有力的肌肉奮力一扯，劍突然被拔出來。這個可憐的大塊頭整個人重重摔在地上，正好壓到剛才被沒牙咬痛的位置。

「**咿啊啊啊嗚嗚嗚！**」狗臭痛呼一聲。

「**哈、哈、哈、哈、哈！**」其他男孩捧腹大笑。

狗臭跌跌撞撞地爬起來，比被魚叉刺到的鯨魚還要憤怒，他怒吼著撲向小嗝嗝。小嗝嗝勉強躲過他的攻擊，卻不小心滑了一跤，狗臭用一隻大手壓住他，另一隻手高高舉起利劍。

「**住手！**」小嗝嗝絕望地大喊，但狗臭眼裡盡是戰鬥的狂喜。他不顧小嗝嗝的抗議，直接拿劍刺向小嗝嗝的胸口。

小嗝嗝死定了——沒想到他運氣超級好，就在這時，船忽然被巨浪捲起，在浪頭停留一秒後，猛然下墜……船直直撞上漂在海裡的某樣龐然大物，被撞出一個洞。

「棄船！」—火蟲尖叫一聲，十三隻龍如巨大蝙蝠飛上天空（龍對主人的忠誠有限）。

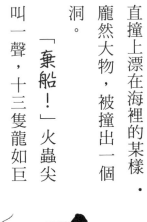

船當場裂成兩半，維京人都落進海裡，破船在十秒內快速沉到海底，船彷彿鬆了一口氣。

小嗝嗝前一秒還被無腦狗臭「擁抱」著，下一秒就在冷得讓人呼吸困難、脊椎發麻、心臟停止跳動的海裡游狗爬式，冰冷的海水害他無法思考最重要的問題：「我的奧丁大神啊，現在該怎麼辦？」

有東西「咚」一聲落在小嗝嗝的頭盔上，沒牙的頭從上面探過來，睜著大眼睛上下顛倒地看著他。

「打、打、打得好啊，主人，」牠說。「那我、我、我的午、午、午餐呢？」

「你瞎了嗎，」小嗝嗝被沒牙的重量壓得一瞬間沉到海面下，吞了一大口海水。「現在可是危急時刻，哪來的午餐？魚腳司不會游泳，你飛去看

看他怎麼了。」

小嗝嗝會游泳，可是每一波海浪都比山還高，光是繼續漂在水面就夠累了。

片刻後，沒牙一臉焦急地飛回來。

「主人，魚、魚、魚腳司真、真、真的需要你幫忙，他的狀、狀、狀況很不妙。跟我來。」

說完，牠又飛走了。

小嗝嗝心想：**他帶我去也沒用啊，我現在連自己都快溺死了，哪有辦法幫魚腳司？**這時，奇蹟發生了。

第三章　百萬分之一的機率

剛才把船底撞破一個洞、救了小嗝嗝一命的漂浮物，是一口六英尺長、三英尺寬，又大又重的「箱子」。

現在，箱子漂到小嗝嗝勉強能搆到的地方，正踩著水的小嗝嗝連忙游過去，箱子兩側正好有鐵握把，很適合即將溺水的人抓握。

大約二十分鐘前，一群殘酷傻瓜族人大笑著將這個箱子丟進傻瓜雙島附近的海裡，狂風巨浪在極短的時間內帶著箱子漂到數公里外的海域，恰好碰到小嗝嗝的船。

那個箱子能在浩瀚又孤獨的大海裡，剛好漂到那個位置，剛好在小嗝嗝快被無腦狗臭砍死的時候撞破船底，這一定是幾千分之一——不對，百萬分之一——的機率。

如果你是個迷信的人，可能會覺得這個箱子是「衝著」小嗝嗝而來。

但我們不迷信，而且這種想法太荒謬了。

小嗝嗝剛抓住箱子側面的鐵握把，才稍微鬆一口氣，又一陣滔天巨浪把箱子和他捲得很高很高，然後箱子帶著小嗝嗝落在距離沒牙只有幾英尺的水裡。沒牙正努力想辦法讓魚腳司浮在水面，剛才魚腳司已經沉下去兩次，如果他再沉下去，可能就不會浮上來了。

小龍緊緊抓住魚腳司後領，瘋狂拍翅膀，為了不讓魚腳司淹死，牠用力到綠色小臉漲得通紅。

魚腳司抱住一截斷掉的船槳，勉強能浮在水面。可是他快撐不下去了，若不是小嗝嗝和神祕箱子突然從天而降，他很可能會溺死。

海浪和雨勢暫時減緩，小嗝嗝和沒牙趁機把筋疲力竭的魚腳司推到箱子上。

魚腳司像隻嚇得半死的長腳蜘蛛，緊緊抱住箱子，但至少他還活著。冷得無法用言語表達的五分鐘過後，他們被狂風吹上博克島的長灘。十三個參加海盜訓練課程的男孩和戈伯都成功活下來了，簡直是天賜奇蹟。

戈伯並沒有用熱情的擁抱歡迎他們上岸。

「好吧，你們表現得還算可以，」他吸著鼻子，心不甘情不願地說。「花了不少時間就是了。魚腳司，動作快點，我們要開始下一堂課了，不然進度會嚴重落後。」

魚腳司拖著身體爬下箱子，喘著粗氣癱倒在海灘上時，戈伯突然不覺得煩躁了。

因為，這口箱子並不是普通箱子。

而是棺材。

一口六呎半長的大棺材——剛才漂在海裡，不知從何而來的神祕棺材——

蓋子上還刻著這幾個字：

注意！
請勿打開這個
棺材

第四章　這究竟是誰的棺材？

十三名男孩圍到棺材旁，好奇心讓他們忘了自己剛才差點溺死在海裡。

「老師，是棺材耶。」

「我看得出來，不用你跟我解釋好嗎，疣阿豬。」打嗝戈伯罵道。「問題是，這是誰的棺材？」

答案就寫在「請勿打開這個棺材」這句話下方，有人用匕首在棺蓋上又刻了一句話，字跡還沾了一點東西，看起來有點像乾掉的血。

「**打擾恐怖陰森髯——內海群島最偉大、最可怕的海盜——永眠者，將遭受詛咒。**」

小嗝嗝感覺背脊發涼，忍不住全身一抖，突然有種不祥的預感。

恐怖陰森鬍正是小嗝嗝的高曾祖父。

毛流氓部族人人愛聽「恐怖陰森鬍失落的祕寶」這則故事，

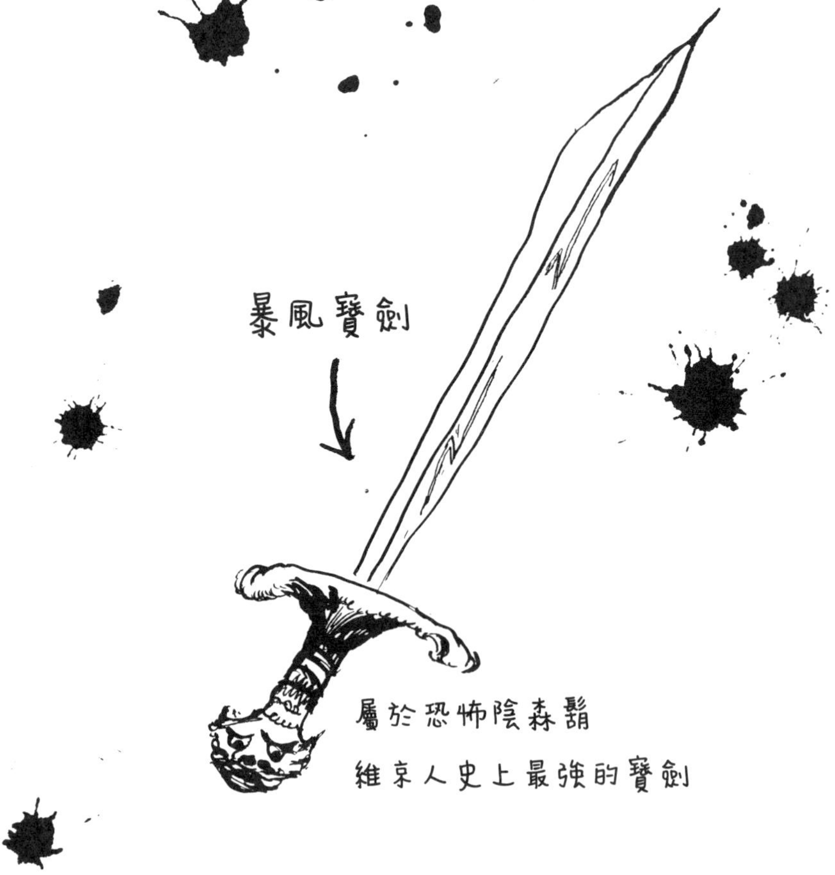

在故事中，陰森鬍擅長各種海盜技能與劍鬥術，得到數不盡的財寶，其中包括著名的暴風寶劍。然而，在主宰內海群島二十年後，陰森鬍踏上一場神祕的旅程，那之後就再也沒人見過他或他的寶藏了。

一百年後的現在，陰森鬍的棺材擱淺在博克島的沙灘上……實在令人不寒而慄。

「**喔喔喔喔喔喔**——」疣阿豬很興奮。「老師，你覺得裡面有寶藏嗎？我們可不可以把它打開？老師拜託拜託讓我們打開棺材好不好？」

所有的男孩都跟著起鬨，只有小嗝嗝默默站在一旁。

小嗝嗝知道，從過去到現在有那麼多維京人曾在北海航行、殺戮與放屁，陰森鬍絕對是這之中最貪心、最凶狠、最殘暴的「超級」海盜。

無論棺材裡有沒有財寶，只要恐怖陰森鬍這種人叫你不要動他的棺材，你就該乖乖聽話……至少，小嗝嗝是這麼想的。

就算恐怖陰森鬍已經在一百年前死了也一樣。

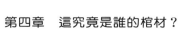

……不對，正是因為他已經死了一百年，你更不應該亂碰他的棺材。

「這個嘛，」戈伯和男孩們一樣興奮。「我們的進階無禮術課只能暫時延後了。今天發現這麼不得了的東西，應該直接把這個帶到偉大的史圖依克和長老面前。熊抱、尖刀、疣阿豬和阿呆，你們把棺材扛起來，搬回毛流氓村……」

四個男孩用肩膀扛起棺材。

「你們這群懶惰的肺魚，站在原地發抖有什麼用！」戈伯瘋狂怒喝。「你們以為自己跟老媽去大陸度假了嗎？這可是海盜訓練課程！**起步，走！**一、二，一、二，一、二……」

戈伯邁開腳步，用輕快的小跑步朝毛流氓村前進。

男孩們嘆著氣，跌跌撞撞地跟了上去。

鼻涕粗和無腦狗臭大搖大擺地走到小嗝嗝面前，小嗝嗝正坐在一顆大石頭上喘氣，身體劇烈顫抖。

「可惜你剛才跟狗臭那場架沒打完，」鼻涕粗嘲諷道。「你們打得正精采呢！你說是不是啊，狗臭？」

「對啊。」無腦狗臭嘻皮笑臉地回答。

「我覺得，」鼻涕粗若有所思地對剩下幾個男孩說。「小嗝嗝應該是我看過最爛的劍鬥士了，你們覺得呢？唉，小嗝嗝，你還是早點認命吧，你打起架來像個腰痠背痛的老阿嬤，以後怎麼可能成為族長……」

「喔？那你說，如果小嗝嗝不當毛流氓部族的族長，誰要當？」魚腳司從摔下棺材到現在一直呈大字型癱在沙地上，動彈不得。「我猜猜看……所以你要當族長？」

鼻涕粗故意用力，讓右手臂上的骷髏頭刺青和二頭肌一起膨脹。

「我當然是最好的人選。」他說。「我血統純正……」（鼻涕粗是小嗝嗝的堂哥，他父親「啤酒肚大屁股」是現任族長的弟弟。）「……很有魅力……長得帥……」（鼻涕粗正在蓄小鬍子，他摸了摸上唇那幾根難看的毛髮。）「……而且我十項全能……」

非常不幸的是，他說得完全正確。

鼻涕粗天生擅長無謂暴力與進階無禮術，不管做什麼都能做得很好。

「……我特別擅長劍鬥術。」鼻涕粗說完，將他的劍拔出劍鞘。其他男孩都倒抽一口氣。

「哇。」快拳讚嘆道。「這是最新型的雙刃特尖超級劍，內側彎曲，銀筆上漆……鼻涕粗，你這把劍是哪裡找來的啊？」

「這是我的閃砍。」鼻涕粗得意地揮動他亮麗的劍，讓其他人看個夠。「小嗝嗝，你看看我的劍，再看看被狗臭丟到海裡的那把尖嚇，是不是覺得你的劍超級弱？我來讓你見識見識什麼叫真正的劍鬥術吧，這招——」他身手矯健地箭步

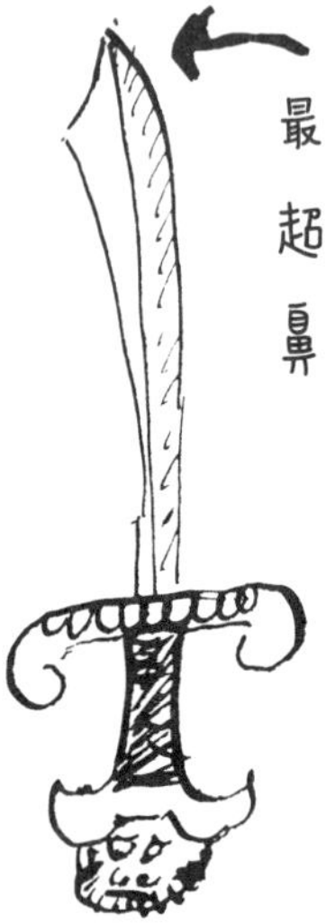

前刺。「——叫『完美刺擊』……」

小嗝嗝避開那一劍。

「這招叫『毀滅者的防禦』……」鼻涕粗發出野獸般的號叫，把劍高舉過頭，在小嗝嗝被劈成兩半之前停手。

「還有這招，」他冷笑著用靈巧的動作左右揮砍閃砍，突然跳上前，劍尖停在小嗝嗝心臟前。「這招叫『陰森扭打技』……不過你這麼廢，連還在穿尿布的三歲小孩都打不贏，這些招式應該連聽都沒聽過吧。」

小嗝嗝沒有說話。

「親愛的堂弟，這個，」鼻涕粗嘲諷道。「才是『真正』的劍鬥術。」他把劍收回劍鞘。

「沒錯，」他又得意地說。「我是天才，我以後一定會成為毛流氓部族自古以來最強的族長。」

「只可惜你的腦袋沒有你的鼻孔大。」魚腳司說。

其他男孩哄然大笑，鼻涕粗臉上閃過一絲煩躁，他抓著小嗝嗝的後領將他提起來。

「狗臭跟你打到一半，劍套突然掉了，是不是很奇怪啊？」他粗聲粗氣地對小嗝嗝說。「這次就算你走運……可是啊，你這個廢柴自己想想，你還能走運幾次？狗臭，我們走，讓那兩個小妹妹繼續睡美容覺。」

他丟下小嗝嗝，離開時還故意重重踩在魚腳司手上。「哎呀，真不好意思。」鼻涕粗笑著說。

「哈、哈、哈、哈。」無腦狗臭嗤笑幾聲。

他們小跑步離開。

「如果鼻涕粗真的當上族長，我要移民去別的地方住。」魚腳司搖頭說。

「魚腳司，你還好嗎？」小嗝嗝擔心地低頭看著仍平躺在地上的魚腳司。

「好得不得了。」魚腳司啞聲說著，邊咳出幾口海水。「我最喜歡晨泳了。你呢，你還好吧？」

「很好，超級好。」小嗝嗝鬱悶地說。他脫下一隻靴子，倒出一大堆海水和兩條小魚。「海盜訓練課程才剛開始，我就因為劍鬥術太爛在全班面前出糗、被人揍扁、發生船難，還差點淹死……而且現在還不到十點耶。」

「說不定問題出在『劍』上。」魚腳司撒了個善意的謊。

小嗝嗝的心情好了起來。

「說不定真是劍的問題，」他馬上同意魚腳司的說法。「我剛剛就覺得它好像輕了點，說不定我應該

用一把更重的劍，這樣砍人才有威力。」他手持想像中的劍，空擊幾次。「我會輸，一定是劍的關係，我還是覺得我應該很擅長劍術。」

「嗯，好、好吧……」老實說，那是魚腳司看過最最爛的劍鬥術，但他不想讓小嗝嗝自尊心受傷。「除了換一把劍，你不覺得應該多多練習嗎？」

小嗝嗝連連點頭。「對了，」他說。「我們要趕快追上其他人，我快冷死了，而且我覺得一定會有笨蛋提議打開那個清楚寫著『請勿打開』的棺材，這麼蠢的事他們一定做得出來。」

「你覺得棺材裡有什麼？」魚腳司問。

「不曉得，」小嗝嗝說。「可是恐怖陰森鬍那種海盜如果把寶藏藏起來，一定會在附近設陷阱，既然棺材寫『請勿打開』……肯定準備了各種可怕的陷阱。」

魚腳司嘆息一聲，掙扎著站起來，兩個人慢慢走回毛流氓村，沒牙則趴在小嗝嗝的頭盔上搭便車。

「他們不會把棺材打開吧？」魚腳司憂心忡忡地問。「他們應該……應該……應該沒那麼蠢吧？」

第五章　請勿打開寫著「請勿打開」的棺材

一回到毛流氓村，小嗝嗝和魚腳司就換上（比較）乾燥的衣服（博克島氣候潮溼，衣服怎麼晾都不會乾，只會從又溼又冷變成又溼又暖）。

他們盡速跑到集會堂。

抵達集會堂時，史圖依克已經召集所有人召開大會，這裡擠滿了虎背熊腰的毛流氓，大家互相推擠，爭搶能看清棺材的好位置。此時此刻，棺材平放在火爐前的桌上。

小嗝嗝和魚腳司一步步慢慢擠進人群，奮力擠到最前面。

「啊，你來啦，小嗝嗝。」小嗝嗝的父親——偉大的史圖依克——心不在焉地說。他正和其他長老站在棺材前，討論接下來該怎麼辦。

史圖依克長得像紅髮猛牛，整天頂著啤酒肚走來走去，他本人還沒拐過轉角，你就會先看到他的大肚子。

「兒子，你今天找到的東西挺有趣的。」史圖依克驕傲地把兒子的頭髮撥亂。「恐怖陰森鬍失落的祕寶，竟然被你給找到了！」

「是沒錯，可是，父親……」小嗝嗝還沒說完就被打斷。

「我們正要打開棺材。」史圖依克說。

「我想表達的是，」老阿皺（毛流氓部族最聰明也最老的長老）插嘴。「上頭寫得清清楚楚：『**請勿打開這個棺材**，打擾恐怖陰森鬍——內海群島最偉大、最可怕的海盜——永眠者，將遭受詛咒』……我豐富的人生經驗告訴我，如果你看到一個寫著『請勿打開』的棺材，最好就不要打開它……」

偉大的史圖依克

正在思考

在這種情況下，一個「偉大的領袖」該怎麼做？

「我也這麼覺得。」小嗝嗝緊張地附和。「恐怖陰森鬍不是什麼好人，打開棺材的人可能會被他整得要死不活。」

「胡說，」偉大的史圖依克根本沒聽進去。「那不過是嚇唬盜墓賊的告示，我們可是凶猛的維京人，有什麼好怕的？我們都可以嘲笑死亡、朝颱風眼吐口水了，怎麼可以被嚇唬小嬰兒和老人的什麼『詛咒』嚇跑？」

其他毛流氓紛紛高呼：「對啊！」還有：「就是嘛！」

「有誰覺得我們該打開箱子，看看恐怖陰森鬍失落的祕寶是不是在裡面，就大聲說『好』！」

除了魚腳司、老阿皺和小嗝嗝以外，毛流氓部族全員大吼：「**好**！」

「**快逃**、**逃**、**逃命啊**！」沒牙驚叫一聲，躲進小嗝嗝的上衣，魚腳司也偷偷躲進人群。

「這個主意很糟糕，非常糟糕，超級無敵糟糕。」小嗝嗝嘀咕。史圖依克笨拙地試圖打開棺材的鐵夾釦時，小嗝嗝也學著魚腳司，慢慢倒退。

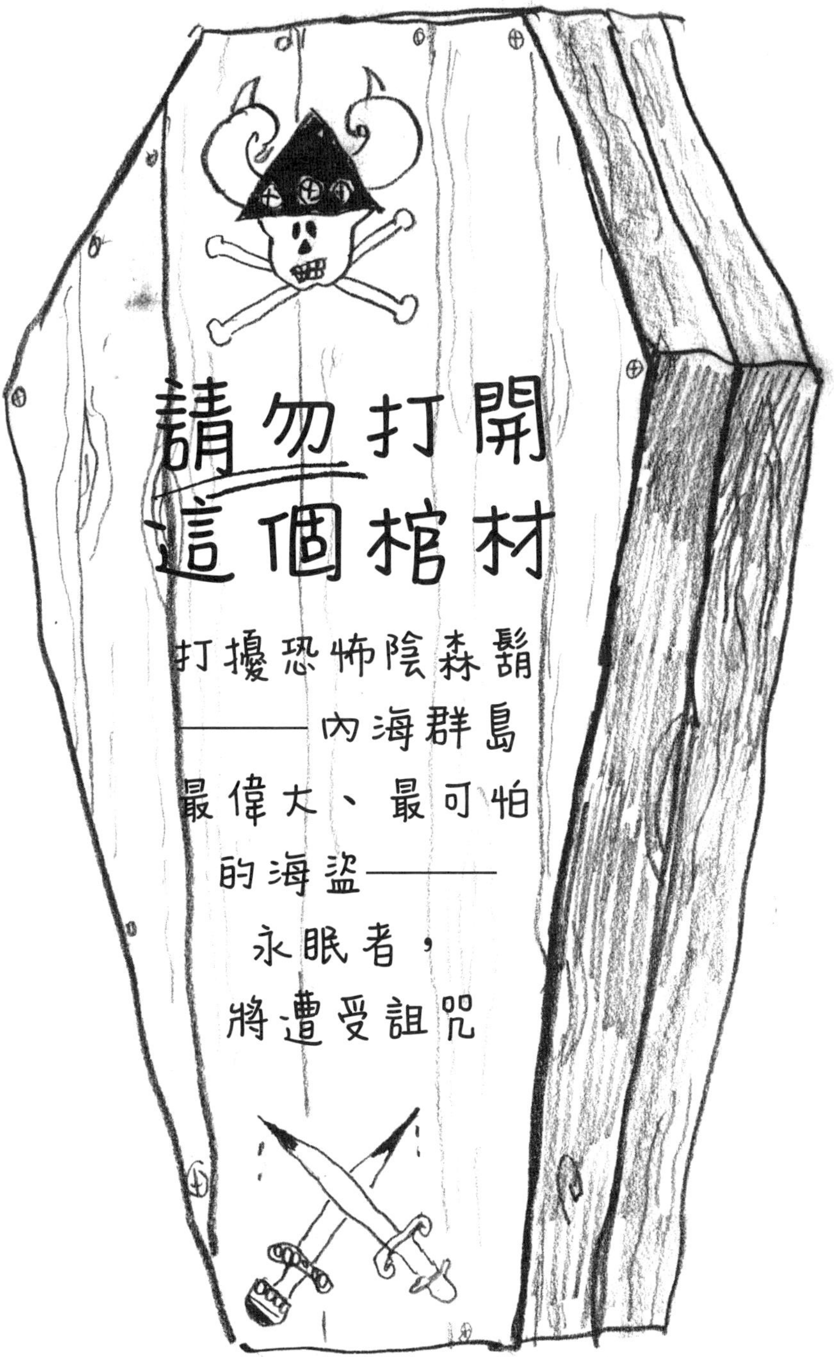
請勿打開
這個棺材
打擾恐怖陰森鬍
——內海群島
最偉大、最可怕
的海盜——
永眠者，
將遭受詛咒

「這個主意很糟糕，非常糟糕，超級無敵宇宙霹靂糟糕。」小嗝嗝不停喃喃自語，史圖依克一邊緩緩抬起棺蓋、發出了「吱——吱——咿——呀——啊——啊——」聲……

吱——吱——咿——咿——呀——啊——啊——啊——啊……

棺蓋「砰」一聲掉在地上。

史圖依克趕忙跳開，以免被棺材裡湧出來的海水濺溼。

其他人都很努力擺出鎮定的表情。

史圖依克望向棺材內部。

眾人沉默片刻。

「它長得實在不怎麼好看，你們說是不是？」偉大的史圖依克嗤笑一聲，努力展現出嘲笑死亡的氣魄。

「族長，這我就不知道了，」打嗝戈伯也湊過去看。「我覺得你們長得滿像的，恐怖陰森鬍不愧是你家祖宗。」

「有道理，」啤酒肚大屁股歪著頭說。「長得有點像肌肉腿姑婆。」

小嗝嗝強迫自己睜開眼睛，他想成為海盜，就必須習慣這種場面。他逼自己望向棺材裡的屍體。

棺材裡躺著身體黃黃綠綠、正在腐爛的恐怖陰森鬍，其實屍體保存得很好，它的臉雖然又溼又黏，至少沒有長蛆或什麼噁心的東西。它就這樣靜靜躺在棺材裡，其實還有種平靜的感覺……

就在這時，小嗝嗝確信自己看

到其中一根慘白的手指微微一動。

他眨眨眼睛，用力盯著那根手指。

一秒鐘過去了，手指沒有動靜。

然後……又來了，它真的在顫動……

「屍、屍、屍體！」小嗝嗝結結巴巴地說。「它、它、它在動！」

「小子，別亂講話！」打嗝戈伯罵道。「它都死了，怎麼可能會動？」他用肥嘟嘟的食指戳了屍體一下。

恐怖陰森鬍的屍體不知受了什麼推力，猛然坐起來，黃色眼睛睜得老大，滴著黏液的綠臉扭曲成駭人的表情。

「啊啊啊啊。」恐怖陰森鬍的屍體對打嗝戈伯怪叫。

「**啊啊啊啊啊啊啊啊啊啊！**」打嗝戈伯放聲尖叫，整個人嚇一大跳，足足跳了三英尺高，鬍子還翹得像刺蝟。

「**啊啊啊啊啊啊啊啊啊啊啊啊啊！**」其他毛流氓跟著尖叫。

打嗝戈伯整個人嚇一大跳，足足跳了三英尺高……

毛流氓們的確敢嘲笑死亡，也的確敢對颱風眼吐口水，可是他們打從心底害怕「超自然」現象。

史圖依克抱頭鑽到桌子底下，彷彿只要他看不到「它」，「它」就看不到「他」。

海水湧出棺材，屍體發出噁心的咯咯聲，它黃色的眼珠子凸了出來，眼球上的血管條條分明，灰色嘴巴還微微顫動，讓人心底發寒。

全場只有老阿皺還算冷靜。

「別驚慌，」老阿皺說。「這不是恐怖陰森翳的屍體……」

小嗝嗝驚恐得全身僵硬，但他聽到自己信任的老阿皺這麼說，就慢慢睜開眼睛。

其他人都沒注意到老阿皺的話，繼續驚慌亂叫。

「唉，我的奧丁大神啊，這些人傻得無可救藥了。」老阿皺無奈地自言自語。既然毛流氓部族只聽得懂「大叫」，他乾脆大叫出聲：「**別驚慌！這不是恐**

怖陰森翳的屍體！」

他邊叫邊用力一拍「不是屍體的屍體」背部，海水從那個人的鼻子、耳朵和嘴巴噴出來，噴得到處都是。

這並不是恐怖陰森翳的屍體，「它」停止咳嗽之後，小嗝嗝發現這其實是個身材高大、相貌堂堂的男人，而且「它」雖然被海水泡得皮膚發綠，卻還活得好好的。

「所以……」縮在桌子下的史圖依克說。「那真的不是恐怖陰森翳的屍體嗎？」

不是屍體的屍體搖搖頭。

「怎麼會呢，」「它」虛弱地說。「我知道這種情況很容易讓人誤會，但我絕對不是恐怖陰森翳。」

「它」滑溜溜地爬出棺材，滿身海水灑在地上。「它」脫下頭盔，鞠了個躬，動作意外地優雅。

「我的名字叫阿爾文，呃……老實的窮農夫阿爾文。」

阿爾文聰明的眼睛含著笑意，眼珠子飛快轉動，掃視在場眾人，他長長的小鬍子被海水浸得微微下垂，不過看得出形狀相當優美。他的笑容輕鬆自在、魅力十足（比較容易緊張的人可能會覺得他露出太多顆牙齒了）。

阿爾文優雅地踏上前，摸摸小嗝嗝的頭。

「年輕人，你是誰啊？」

「小、小嗝嗝．何倫德斯．黑線鱈三世。」小嗝嗝回答得結結巴巴。

「幸會。」老實的窮農夫阿爾文說。

他彎腰望向桌子底下。「這位先生長得氣宇非凡、不怒自威，想必就是貴部族的族長了？」

「偉大的史圖依克。」史圖依克說。

阿爾文拍了下自己的額頭。

「哎呀，您該不會是偉大的史圖依克．海上霸主．毛流氓最高統治者．聽到這個名字就盡情發抖吧．咳．呸吧？您正是我要找的人啊！」

史圖依克從桌子底下爬出來，跌跌撞撞地站好，挺起胸膛。

「沒錯，就是我。」偉大的史圖依克又恢復平常的精力充沛。「那我問你，如果你不是恐怖陰森鬍的屍體，那你躺在他的棺材裡做什麼？」

「先生冰雪聰明，這個

問題問得太好了。」阿爾文態度積極。「請問我能坐在這張看起來很舒服的椅子上、慢慢地回答您嗎？說來真是話長啊……」

「那當然，你別客氣。」史圖依克還幫他拍掉族長座椅上的灰塵。

「……我很樂意把我的故事告訴各位……」阿爾文說。

第六章　阿爾文的故事

毛流氓部族全體瞪大眼睛、鴉雀無聲地坐了下來，看著阿爾文坐上史圖依克的寶座，開始說故事。

「我之所以躺在這口棺材裡，」阿爾文說。「是因為有一群很沒禮貌的人，他們不僅不相信我現在要說的這則故事，還懷疑我是小偷。他們把我裝進棺材，從他們島上的港口往海裡丟，邊丟邊粗魯地大笑……」

「殘酷傻瓜部族。」史圖依克了然地說。「那些人的族長是不是個子很高，只有一隻眼睛，有嚴重口臭，名叫牟加頓？」

「好像是。」阿爾文說。

「那就對了。可是，你一開始是怎麼弄到棺材的？」史圖依克問。

「我是個老實的窮農夫，」阿爾文說。「很久以前，我在離這裡很遠很遠的和平國度挖土……因為我……呃，我想種馬鈴薯……我突然挖到這個棺材，它……呃……碰到我的手就打開了。」

「你打開一口清楚寫著『請勿打開』的棺材，」老阿皺若有所思地問。「沒有看到任何機關嗎？」

「您說得有道理，」阿爾文和善地笑著說，眼裡卻沒有笑意。「我打開棺材的時候無辜地伸手，想拿裡面的東西……棺蓋就突然像鯊魚嘴一樣蓋起來，把我的手夾斷了。」

阿爾文舉起右手臂。

袖口露出來的不是手掌，而是鐵爪。

毛流氓們驚恐地倒抽一口氣。

「我的天啊，」史圖依克嘖嘖說。「竟然有陷阱。我替我曾祖父向你道歉，

老實的窮農夫
阿爾文

他那個人就是愛開這種玩笑。」

「是啊……」阿爾文又露出愉悅的笑容。「但沒關係，我們這些老實的窮農夫都很開得起玩笑……而且這個，」他亮出自己的鐵爪。「很方便，可以用來把牡蠣撬開……我繼續說故事吧。我第二次就學乖了，先解除機關才打開棺材，結果我發現棺材裡沒有財寶，更沒有恐怖陰森鬍的屍體……倒是有這個……」

全毛流氓部族都興奮地湊上前，每個人張大眼睛與嘴巴，等不及要知道棺材裡有什麼……

「……這張地圖（註3），還有這道謎題。」

阿爾文從胸前口袋取出地圖與謎題，讓大家看個清楚。

「喔。」史圖依克失望地說。「沒有陰森鬍嗎？沒有寶藏？沒有暴風寶劍？就只有這兩張紙？」

註3　請見第十四頁〈恐怖陰森鬍的藏寶圖〉。

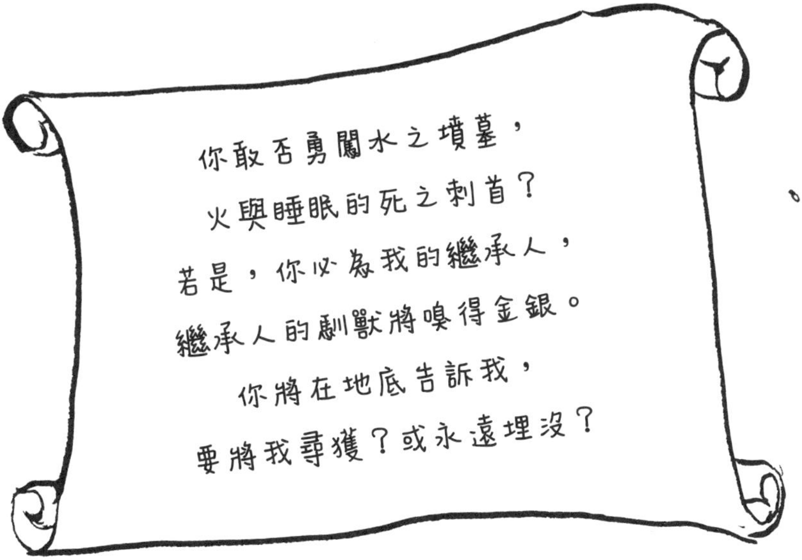
你敢否勇闖水之墳墓，
火與睡眠的死之刺首？
若是，你必為我的繼承人，
繼承人的馴獸將嗅得金銀。
你將在地底告訴我，
要將我尋獲？或永遠埋沒？

「史圖依克先生，您有所不知，」阿爾文狡猾地說。「這兩張紙能**引導**我們找到陰森翳的寶藏。」

「**我們**？」老阿皺說。「我有個疑問，你都拿到謎題和地圖了，為什麼不自己去找寶藏？為什麼要來找我們？」

「我怎麼會做那種不誠實的事呢！」阿爾文一本正經地說。「我們所有人都聽過『恐怖陰森翳失落的祕寶』這則故事……寶藏屬於陰森翳的後人，也就是你們。而且，這道謎題寫得很清楚，並不是隨便什麼人都能找到寶藏。」
阿爾文清了清喉嚨。
「由此可見，」阿爾文說。「只有恐怖陰森髫的繼承人能找到寶藏……而且只有繼承人的馴獸能聞到寶藏。我猜這裡的『馴獸』指的是龍。」
龍族擅長用嗅覺尋寶，鼻子夠靈敏的龍能嗅到深埋在地下的貴重金屬。
「我自己一個人根本不可能找到寶藏，」阿爾文說。「我和龍族處不來，也不知道為什麼牠們不喜歡我。總之，請問各位知道謎語說的是哪裡嗎？天資聰穎的史圖依克啊，您有什麼想法嗎？」
史圖依克努力擺出天資聰穎的模樣。「唔……這個謎題好難懂……」
小嗝嗝看向地圖。
「父親，『死之刺首』會不會是指尖頭龍島？」小嗝嗝問。「『首』不就是『頭』的意思嗎……」
「原來如此！」史圖依克大聲說。「尖頭龍島！寶藏一定在那裡！」

尖頭龍島是博克島西方一座小島，形狀像骷髏頭，陰森駭的旗子和頭盔上都畫了這個家喻戶曉的標誌。

「原來這裡畫的島就是尖頭龍島啊？」阿爾文欣喜地低聲說，然後指向地圖。「只要到尖頭龍島，就能找到寶藏了嗎？」

聽阿爾文這麼說，毛流氓們哈哈大笑，嚇了阿爾文一跳。

「如果寶藏真的在尖頭龍島，那我們就不可能找到它了，」史圖依克愉快地說。「從來沒有人從尖頭龍島『活著』回來過。小嗝嗝，你不是很瞭解龍族嗎？你對阿爾文說說尖頭龍是怎麼回事吧……」

小嗝嗝總是很樂意回答自然史問題。「尖頭龍是一種很少見、很凶殘的龍，他們不會飛、看不到東西，而且幾乎聽不到聲音，卻是龍族最恐怖的掠食者之一，可以靠超靈敏的嗅覺成群狩獵……」

「好啦、好啦，」史圖依克匆匆打斷他。「這樣就夠了……」

「他們有一根特別長、特別尖銳的爪子，」小嗝嗝接著說。「用來切斷獵物

尖頭龍

尖頭龍是一種大約十英尺高的龍，牠們的翅膀、眼睛和耳朵都退化了，嗅覺卻十分敏銳。這種動物抓到什麼就吃什麼，而且非常非常危險，沒人能馴服牠們。

統計資料

顏色：黑色和紫色

武器：可怕的尖牙利爪等等

恐怖：……………9

攻擊：……………9

速度：……………9

體型：……………7

叛逆：……………9

腳跟的阿基里斯腱，獵物走不了路就跑不掉了——然後，尖頭龍會把獵物活活吃掉。」

聽起來一、點、也、不、好。

「喔喔喔，」阿爾文說。「原來問題出在這裡啊。可是史圖依克先生，我相信您這麼聰明的人一定能領導眾人展開大冒險，去尖頭龍島尋寶。」

「只有瘋子才會去尖頭龍島尋寶。」老阿皺堅定地說。

「陰森駭的暴風寶劍一定和其他財寶藏在一起，」阿爾文滿嘴甜言蜜語。「只要配上暴風寶劍，您一定能在蠻荒世界揚名立萬，讓所有人畏懼毛流氓部族……」

史圖依克若有所思地摸摸鬍子。

「還有啊，偉大的史圖依克先生，」阿爾文接著說。「請想像自己的鬍子鑲滿鑽石，身上穿著黃金胸甲，一隻手舉著閃亮耀眼的暴風寶劍，強壯的手腕戴著好幾副手環——太壯觀了！我已經能想像牟加頓跪在您面前，向您俯首稱臣的模樣了！」

史圖依克縮了縮小腹，鼓了鼓肌肉，他其實一直很想戴漂亮的耳環。

「**去尋寶！**」他高喊。

「**毛流氓們！**」他接著大吼。「我將帶領你們展開大冒險，去找祖先留下來的祕寶！」

「不行，太危險了！」小嗝嗝驚呼。「不管是誰，只要踏上那座島，一定立刻被吃掉！這是自殺任務啊！」

大家忙著高聲歡呼，沒有人聽到小嗝嗝的話。

「我們會得到榮耀和財寶。」史圖依克興奮地說，一邊重重拍阿爾文的背。

「我們完蛋了……」小嗝嗝喃喃自語。

第七章　劍鬥術練習與尋寶

在小嗝嗝看來，老實的窮農夫阿爾文爬出棺材那一刻，他們就走上歧途了。當然，這並不是阿爾文的錯，他其實是個很有趣、很親切的人。

他誇獎女人健美的肌肉和粗重的黃色髮辮，她們就會害羞地臉紅；他說好笑的放屁笑話、學殘酷傻瓜族長牟加頓的口氣，就能使男人捧腹大笑；敘說英雄戰鬥和冒險的故事時，孩子就對他又敬又愛。

小嗝嗝也很喜歡他。

有一天，小嗝嗝練習劍鬥術，練了快兩個小時卻越來越沮喪。這時，阿爾文走近他。

小嗝嗝正在練習「陰森翳扭打技」，卻怎麼也練不好。他那把尖嚇被丟進海裡，所以史圖依克給了他一把又大又重的新劍，名叫「伸尖」。

「兒子你看，這把劍很長。」把劍拿給小嗝嗝時，史圖依克說。「你的手臂很短，拿這把劍才能刺得更遠。」

但這把劍太重了，小嗝嗝握不穩，每次要使出陰森翳扭打技最後的刺擊，他都會跌倒。他剛爬起身、疲憊地撿起伸尖，準備再試一次，老實的窮農夫阿爾文突然出現在他背後，對他說：「你叫小嗝嗝，對吧？」

小嗝嗝嚇得差點又跌倒，他剛剛沒發現

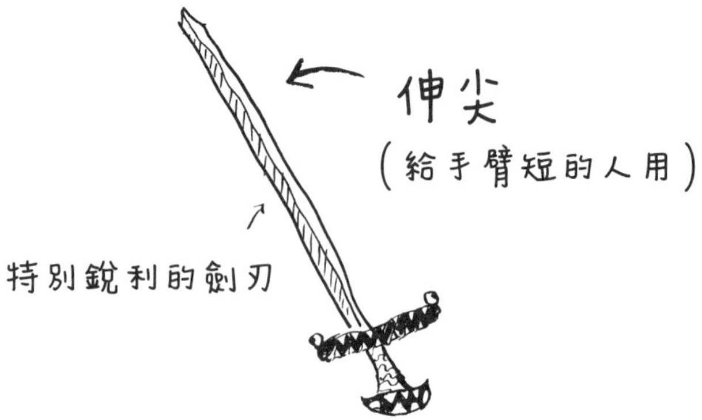

有人在看他。

「你就是偉大的史圖依克的繼承人，對不對？」阿爾文笑著問。

小嗝嗝嘆口氣。「應該是吧，」他說。「至少，理論上是。可是我的劍鬥術太爛了，再這樣下去我別想當任何人的繼承人……我沒救了。」

「哪裡的話，」阿爾文安慰他。「在我看來，你其實很有天賦，只是沒有人教你怎麼發揮。來，我教你。」

阿爾文小心地將自己的頭盔放在蕨叢旁，以免弄丟。小嗝嗝驚嘆地看著他扭下右手臂上的鐵爪，將「劍爪」安在手臂上，再拔出自己的劍固定在劍爪上扭緊，以防劍脫手。

「這是我自己設計的小玩意，」阿爾文說。「我現在的劍鬥術，說不定比斷手以前還好呢……」他左手把玩著鬍子，為小嗝嗝示範陰森鬍扭打技。

「你看，」阿爾文說。「你應該把重心放左腳。」

小嗝嗝小心模仿他……結果又摔倒了。

「**好！**」看到阿爾文拍手叫好，小嗝嗝很驚訝。

「可是我又跌倒了。」小嗝嗝說。

「可是你跌得好好看，」阿爾文說。「這可是學不來的，你一定遺傳到很好的跌倒技能。」

阿爾文拆掉劍爪，把普通鐵爪裝回手上。他拿起頭盔，

戴上頭盔時整張臉皺了起來，他又拿下頭盔，往裡頭一看。「裡頭好像有『泥巴』，而且是很臭的泥巴……」

「先生，你頭上都是泥巴。」小嗝嗝說。

阿爾文一臉驚恐，他這個人很在意自己的外貌，聽小嗝嗝這麼說，他快步離開，趕著去洗頭。

沒牙剛才在蕨叢裡抓老鼠，現在牠飛上小嗝嗝的肩膀，笑得很開心。

終於喘過一口氣的時候，牠繼續笑著說：「在他的頭盔裡便、便、便便……」

「沒！牙！」小嗝嗝責怪道。「很噁心耶！你沒事為什麼要在阿爾文的頭盔裡大便，欺負人家？」

「他、他、他是『壞人』。」沒牙回答。

「你說可憐的窮農夫阿爾文？」小嗝嗝詫異地問。「他怎麼會是壞人？沒牙，別歧視別人，他是外地人沒錯，這不代表他是壞人啊……」

「隨、隨、隨便你。」沒牙聳聳肩，開始檢查翅膀上有沒有龍跳蚤。

「沒牙覺得他是流、流、流放者。」

小嗝嗝吃了一驚。

流放者部族是超級凶惡、超級無情、超級陰險、超級狡詐的維京人，他們被維京社會流放，自己組成了窮凶極惡的部族，甚至有傳聞說流放者會把敵人吃掉。

「不要亂講話，」小嗝嗝緊張地告訴沒牙。「他長得一點也不像流放者。」

「你、你、你有看過流放者

嗎？」沒牙問。

「是沒有啦，」小嗝嗝承認。「可是你也沒看過，而且你沒證據不能亂指控。去吃午餐吧，別再說這些有的沒的了。」

沒牙說的話，在小嗝嗝腦中埋下懷疑的種子。

小嗝嗝本就覺得不安，他知道自己和其他男孩都必須加入這次的尖頭龍島尋寶隊。等史圖依克和阿爾文想到如何防止所有人在踏上島嶼的瞬間被生吞活剝，就會執行自殺式任務。

此外，小嗝嗝也明白，他是毛流氓部族的繼承人，照那段謎一般的文字所說，應該由他找到寶藏。這份壓力讓小嗝嗝很不自在，所以他在練習劍技、在海盜訓練課堂上被戈伯大罵以外的時間，都忙著帶沒牙出門練習尋寶。

練習尋寶的第一天早上，和之後幾天的情形差不多。魚腳司帶著他養的恐牛到小嗝嗝家，看著小嗝嗝想方設法把沒牙帶出家門時，在目瞪口呆之餘努力維持禮儀。

首先，小嗝嗝在整棟屋子裡到處找沒牙、喊牠的名字。
沒牙沒有回應。
接著，小嗝嗝從食物儲藏室偷拿一條鯖魚。
「沒——牙——啊——」他狡猾地唱著歌，把魚腥味搧到空氣中引誘沒牙。「我幫你找了一條好吃的鯖魚喔。」
一個聽不清楚、卻彷彿在猶豫的聲音回答：「沒、沒、沒牙生病了，沒、沒、沒牙不能出去，他病得很、很、很、很、很嚴重。」
「所以你不想吃鯖魚囉？」小嗝嗝又用唱歌般的語調問。
沒牙安靜片刻。
「鯖、鯖、鯖魚對生病的龍有幫助，我吃鯖魚可是不、要、出、去。」
小嗝嗝已經找到聲音的來源了，他把頭探到煙囪下往上望，看到沒牙倒掛在柴煙之中。

「沒牙，不行。」小嗝嗝用最嚴肅的語氣說。「你要對我『保證』，吃完鯖魚就出門，不可以反悔。」

「好吧，」沒牙飛出煙囪。「沒牙保、保、保證。」

小嗝嗝把鯖魚拿給牠。

結果沒牙尖叫：「沒、沒、沒牙爪子有交叉，剛、剛、剛剛的保證不算！」牠搶過鯖魚，用力推了小嗝嗝胸口一把，迅速竄進隔壁房間，留下摔倒在爐灰裡的小嗝嗝。

小嗝嗝沒多久就找到沒牙。

史圖依克的床尾冒出灰藍色煙霧。

小嗝嗝躡手躡腳地靠近，把沒牙從被單下拖出來。

沒牙怒叫一聲，用強而有力的嘴咬住床柱不放。

小嗝嗝抓著牠的尾巴用力拉。

「沒牙，別這樣，」小嗝嗝說。「該去練習尋寶了……」他搔搔沒牙翅膀下面，沒牙癢得扭來扭去，憋得臉都紅了。小嗝嗝再搔搔牠另一片翅膀下方。

沒牙忍不住笑著鬆口，他們扭打片刻，小嗝嗝被咬了好幾口。最後小嗝嗝終於把沒牙夾在腋下，用另一隻手捏緊沒牙的嘴巴。

「好了，」小嗝嗝說。「我們要去練習尋寶了，知道嗎？你也不想讓火蟲或海蛞蝓先聞到寶藏吧？你也想讓大家見識無牙白日夢驚人的嗅覺，對不對？」

沒牙的嘴巴被小嗝嗝按著，只能點頭。

「很好，」小嗝嗝說。「不想被火蟲或海蛞蝓搶先，就要練習尋寶。你要保證不會再咬我，而且不可以交叉爪子。」

小嗝嗝鬆手的瞬間，沒牙全身癱軟。

「沒、沒、沒牙沒、沒、沒力氣……沒、沒、沒力氣聞寶藏……」

牠可憐兮兮地呻吟。

「我跟你說，」小嗝嗝告訴沒牙。「如果你從現在開始乖乖聽話，我就讓你把剩下半條鯖魚吃掉。」

「好吧。」沒牙甩著翅膀嘀咕。「無、無、無牙白日夢鼻子很、很、很好，不用練、練、練習，可是好吧。」

小嗝嗝和魚腳司將黏在床底的半條鯖魚刮下來——史圖依克看到自己的床被弄得這麼噁心，絕對會生氣——餵給沒牙吃，還給了牠一個小黑線鱈派和三、四顆牡蠣。

「他吃這麼多，到時候都飛不動了。」魚腳司說。

兩個男孩和兩條龍出發前往博克島上的丘陵地與沼澤地，一路上沒牙一直抱怨：「背、背、背我，背、背、背我嘛，我的翅、翅、翅膀好痠……我們快、快、快到了沒？」

博克島上沒幾棵樹，到處都是石楠、蕨類和沼澤，而且幾乎一年到頭都在下雨，可能是綿綿細雨，也可能是瀑布般的暴雨（毛流氓語有二十八種不同的

學會說龍語

龍語包含尖叫與劈啪聲，人類說龍語聽起來**非常奇怪**。舉例來說，「嗶咻」這個字唸起來很像打噴嚏的聲音。

≈

常用的龍語詞句：

≈

嗶咻不啃啃喵喵。

拜託不要把貓吃掉。

≈

誰吐出來在軟軟衣把拔？

是誰吐在我父親的睡衣上？

≈

坐屁屁，老奧丁啊，

或窩要小妹妹哭哭。

我的奧丁大神啊，我快哭了，

你還不快坐下來。

≈

（對大型龍說的）：窩肚肚滾滾大時。

我有劇毒。

「雨」）。

不過，如果你喜歡陰森又戲劇化的景色，也許會覺得博克島很迷人——可惜現在毛流氓們一天到晚練習尋寶，挖得到處都是泥坑，原本還有一丁點魅力的風景也毀了。

小嗝嗝和魚腳司小心避開泥坑，在及腰的金雀花叢與蕨叢中勉強行走，花了大約一小時才抵達丘陵地。這時，恐牛已經在魚腳司肩頭沉沉睡去，怎麼也叫不醒。

小嗝嗝取出母親的金手環，讓沒牙嗅一嗅。

「你要找聞起來像這個的味道。」他說。

「沒、沒、沒問題。」沒牙說。「超簡、簡、簡單……」

接下來兩個鐘頭，兩個男孩跟著沒牙跑東跑西，在沒牙聞到寶物的地方挖洞，累得又熱又喘。兩個小時後，他們統計這次找到的東西。

1棵大頭菜

3隻兔子（沒抓到）

1根壞掉的湯匙

呃……就這樣，真的。

小嗝嗝難過地搖搖頭。「好像還有待加強。」

「有待加強？**有待加強？？**」後方傳來嘲諷聲。「什麼有待加強，明明就**遜到爆**。」

小嗝嗝轉身看到鼻涕粗對著他們大笑，笑得幾乎要摔倒了，還得由狗臭扶著他。

「你們找到一棵『青菜』和一根『餐具』，」鼻涕粗擦掉眼角的淚水。「真是沒用到讓人說不出話來了……」

「你該不會以為，」鼻涕粗稍微喘口氣後，笑著對小嗝嗝說。「那隻『小到沒人看得到的變形蟲』，」他指向沒牙。「能找到寶藏？拜——託，他連自己的屁股都找不到。」

沒牙生氣了。

「他不過是畸形的普通花園龍……」鼻涕粗輕蔑地說。

「沒牙才、才、才不是普通花園龍、龍、龍！」沒牙怒吼。「沒牙是超級無敵稀有的無、無、無牙白日夢……」

「你看看他，再看看我的火蟲——她可是猛烈凶魘，根本是狩獵龍中的貴族……你看清楚了，真正的狩獵龍可以找到這麼多好東西……」鼻涕粗從掛在腰間的袋子裡拿出一個大銀盤、一把握柄刻了古符文的匕首，還有兩串漂亮的珠子項鍊。

「她一個下午就找到這麼多。」鼻涕粗很得意。

火蟲愉悅地呼嚕呼嚕叫，聳聳美麗又閃亮的血紅色肩膀。

「對我這種貴族的鼻子來說，」牠嘶聲說。「那些東西就跟放了一個星期的黑線鱈一樣，味道重得不得了。」

「這也難怪，」沒牙說。「妳的鼻子跟象、象、象鼻海豹的鼻子一樣

大，當、當、當然聞得到那些東西。」

火蟲氣得撐大鼻孔。「我的鼻子是完美比例。」牠厲聲說。

「火蟲乖、火蟲乖，」鼻涕粗說。他聽不懂龍語，但聽得出兩隻龍正在互罵。「別讓賤民惹妳生氣。妳想想看，到了尖頭龍島，妳找到寶藏以後，所有人都會發現『我』才是毛流氓部族真正的繼承人……是不是很棒啊，沒用的小嗝嗝？」

鼻涕粗靠上前，用他手裡的銀盤輕輕、輕輕把小嗝嗝往後推，直到小嗝嗝重心不穩，摔倒在泥濘中。

「哈哈哈哈哈！」鼻涕粗和狗臭捧腹大笑，大搖大擺地走遠。

小嗝嗝越來越沮喪了。

總的來說，自從阿爾文來到博克島，小嗝嗝就一直覺得肚子翻翻滾滾的不舒服，後頸也一直有種毛骨悚然的恐懼，彷彿有蜘蛛爬過他的皮膚。

他怕的不只是去尖頭龍島冒險（其實他最近常常作噩夢，夢到自己被長得像黑豹、牙齒像碎玻璃的怪獸撕成碎片），他總覺得博克島上有什麼陰邪、有毒的東西正伺機而動。

他總覺得再過不久……會發生很可怕的事情……

這隻小龍長得是不是很可愛？你覺得牠有可能在別人頭盔裡便便嗎？

第八章　與此同時，地底洞穴的深處……

與此同時，地底深處的洞穴裡，一隻幼小的致命納得哭著找媽媽。

這隻幼龍本來舒舒服服地住在幼龍窩的地道裡，結果不小心走得太遠，迷失在迷宮般的卡利班洞穴群中。

幼龍焦急地拍著翅膀，接連選了好幾條錯誤的路，其他龍族愉快的嘶嘶聲與嘎嘎聲變得越來越遠。過去一個小時，牠只聽到自己難過的回音，周遭的黑暗越來越濃。

更慘的是，幼龍不幸來到一個不祥的洞穴，這裡住著一隻守著寶物的巨獸。牠比尖頭龍大很多，比尖頭龍恐怖許多，獵殺能力更是比凶殘的尖頭龍強很多。巨獸至少一百歲了，牠在漆黑的地底深處活了一個世紀，無論是靈魂或思想都漸漸扭曲。牠感到不滿與孤獨，渴望得到自己從未見過的一種東西——光。但占據巨獸絕大部分心思的，是永遠無法滿足的食慾。

小納得再度哭著喊媽媽，跳上前一步。

一條黏答答且非常難看的觸手捲起幼龍，將牠舉到空中。

巨獸對納得幼龍做了一件可怕的事，可憐的幼龍發出最後一聲驚恐的尖叫，當場死亡……

洞穴裡，只剩寂靜。

海盜訓練課程課表

姓名：小嗝嗝·H·H·III

星期一	星期二	星期三	星期四	星期五
海上鬥劍	別忘了帶體育用具！ 大叫課	嚇唬外國人	搶劫技術	基礎竊盜
海上鬥劍	馴龍課	嚇唬外國人	無謂暴力	基礎竊盜
【休息】	【休息】	【休息】	【休息】	【休息】
吐口水	進階無禮術	兵器訓練	超討厭 進階無禮術	寫措字課
【休息】	【休息】	【休息】	【休息】	【休息】
基礎竊盜	我最討厭 亂撞球 噁心	馴龍課	漫無目的 塗鴉課	無謂暴力
~~嚇唬外國人~~	亂撞球 噁心	馴龍課	漫無目的 塗鴉課	無謂暴力
作業：吐口水	進階無禮術	兵器訓練	無謂暴力 帶美勞圍裙	寫措字課

戈伯

第九章　進階無禮術課程

大約兩週後，令人心煩的等待與準備終於結束了。

戈伯正在集會堂教進階無禮術。

鼻涕粗站在全班面前，和小悍夫那特進行「無禮對決」，小悍夫那特天生好相處，不擅長侮辱別人，根本不是鼻涕粗的對手。

「你，」小悍夫那特盡量用嘲諷的語氣說。「你是大胖……真的真的很胖的混球……而且你阿嬤……你阿嬤……你阿嬤……很不乖……」

「我的雷神索爾啊，小悍夫那特！」戈伯扯著鬍子怒喝。「這個練習明明很簡單，你為什麼就是做不好？鼻涕粗的阿嬤是黃肚皮老牡蠣，鼻涕粗的阿嬤是瘋瘋癲癲的老海象……」

「什麼？」鼻涕粗號叫一聲，他太認真上課，連自己用言語攻擊的人是誰也不管了。

「不是，不是，」戈伯安慰他。「鼻涕粗，我不是真的在罵你阿嬤，我只是在教小悍夫那特，你們應該想一些特別難聽的說法，把話惡狠狠地吐出來……鼻涕粗，你示範給他看。」

「我很樂意。」鼻涕粗壞笑著說。他湊到小悍夫那特面前，兩人的鼻子差幾吋就相觸，他還抓住小悍夫那特的脖子，無情的小眼睛凶惡地瞇起，鼻翼因憤怒而微微顫抖。

「**你**，」他不屑地罵道。「你是膽小沒用的烏賊……」

「**很好**，鼻涕粗，**非常好**。」戈伯誇獎他。

「……你這個水母心、浮游生物腦，你比一整桶鯖魚頭還要臭。」

「**太棒了**。」戈伯大聲說。「你是全班第一名！鼻涕粗，你只要保持這麼優秀的成績，一定能成功當海盜，至於你們其他人……」

吧啦吧啦吧啦……

小嗝嗝抬眼望向天空，繼續心不在焉地在「侮辱筆記本」裡塗鴉。

本以為戈伯會說個沒完，小嗝嗝卻意外發現偉大的史圖依克和老實的窮農夫阿爾文走進集會堂，打斷他們的課程。

「戈伯，抱歉，打擾你上課了。」史圖依克開心地說。

「沒關係、沒關係。」戈伯說。

「我有『好消息』要宣布：我們要展開壯闊的旅程，**去尖頭龍島冒險了！**」

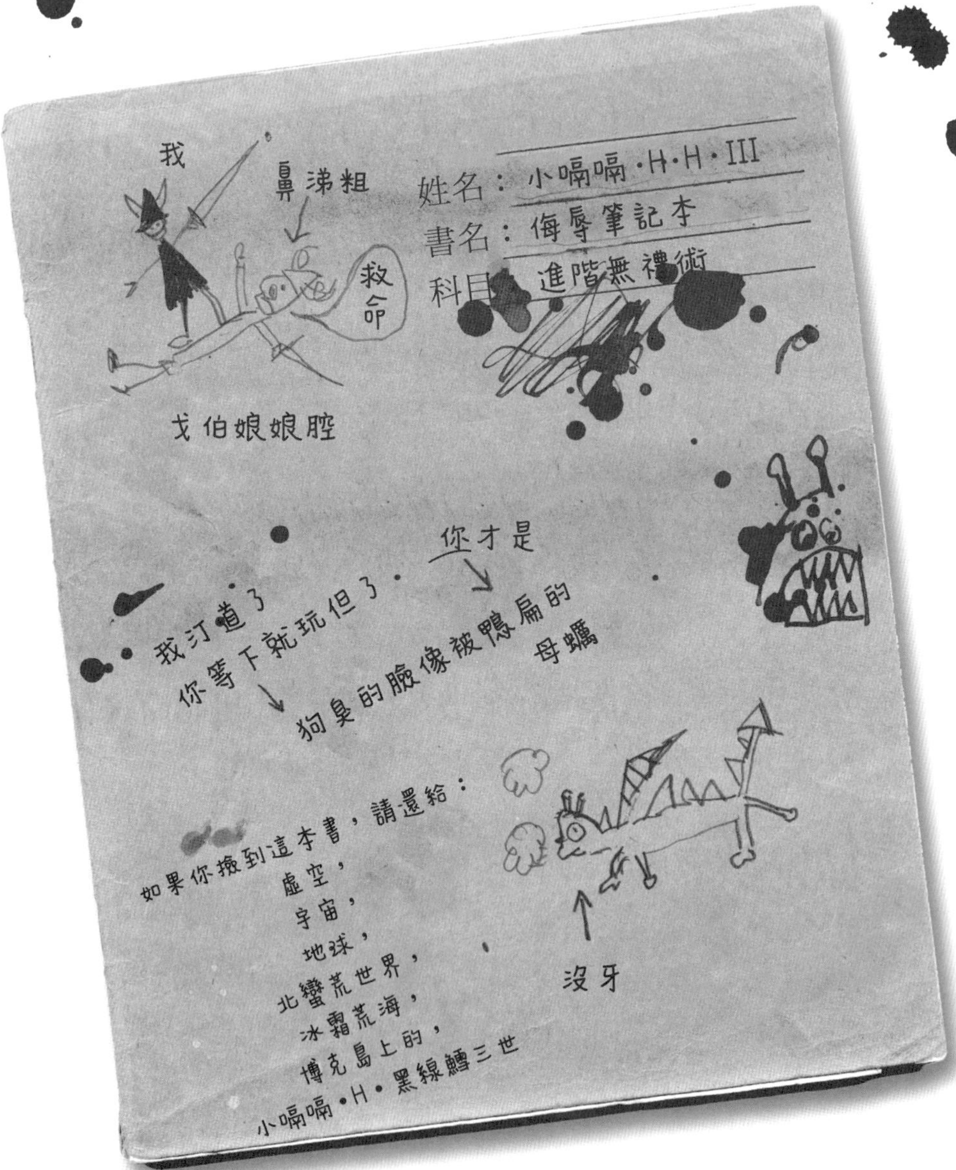
我
鼻涕粗
救命
戈伯娘娘腔
姓名：小嗝嗝·H·H·III
書名：侮辱筆記本
科目：進階無禮術
你才是
我汀道了
你等下就玩但了
狗臭的臉像被鴨扁的
母蠣
如果你撿到這本書，請還給：
虛空，
宇宙，
地球，
北蠻荒世界，
冰霜荒海，
博克島上的，
小嗝嗝·H·黑線鱈三世
沒牙

那之後是短暫的沉默，魚腳司面無血色地輕聲呻吟。

然後，其他人開始歡呼。

小嗝嗝舉起手。

「那尖頭龍怎麼辦？」他問。

「好問題。」偉大的史圖依克熱烈地回應。「我們都知道，」他親暱地摸摸小嗝嗝的頭。「尖頭龍是很凶暴、很可怕的生物……」

「比噩夢還可怕。」小嗝嗝咕噥一聲。

「可是呢，」史圖依克露出大大的笑容。「牠們不但不會飛，還是『瞎子』，牠們幾乎完全靠嗅覺狩獵。所以阿爾文覺得，理論上，我們出發前先『洗澡』——我知道這很奇怪，可是人不犧牲怎麼可能換來財富？——應該就不會有事。」

魚腳司跟著舉手。「您說『理論上』和『應該』，意思是其實阿爾文也不知道洗澡有沒有用，到時候我們可能會被一群飢餓的爬蟲動物活活吃掉嗎？」

史圖依克點點頭。

「如果是這樣，你將以部族的英雄的身分飛升到英靈神殿！還有，我現在先說，」史圖依克嚴肅地宣布。「如果有人在這場冒險中殉職，我們會頒給他『黑頭盔獎』。」

「真是太棒了。」小嗝嗝嘀咕。

「**不是光榮就是死亡！**」偉大的史圖依克高喊，還行了個複雜的毛流氓禮：他比劃割喉的動作，一邊放雷鳴般的響屁。

「**不是光榮就是死亡！**」打嗝戈伯大叫。十一個菜鳥狂熱地吶喊：「**不是光榮就是死亡！**」並跟著行毛流氓禮。

「唉唉，又來了。」小嗝嗝和魚腳司喃喃哀嘆。

史圖依克和阿爾文的計畫真的很簡單，毛流氓們和馴養龍要先把身體清洗乾淨，隔天到集會堂集合，讓阿爾文進行「嗅聞測試」。阿爾文會聞聞看大家身上有沒有味道——他很擅長這種測試——檢查完畢，就會啟航。

小嗝嗝鼓起勇氣找父親商量。

「父親。」小嗝嗝和沒牙仔仔細細洗完澡後，對史圖依克說。

「嗯？」史圖依克心不在焉，他正在火爐前，試圖把自己的馴養龍蠑螈氣擦乾。

蠑螈氣是隻滿身龍族痘痘的泥綠色葛倫科，和體型較小的獅子差不多大，牠極度厭惡水，史圖依克花了四十分鐘才把牠抓起來丟進浴缸。現在，蠑螈氣憤怒地撲向史圖依克，大嘴咬住他的左臂；史圖依克不以為意地大笑，用刷子敲了牠的鼻頭。

「好了、好了，」史圖依克溫言責備。「蠑螈氣，不可以亂發脾氣。」

「我有點擔心，」小嗝嗝接著說。「說不定我們不該踏上這場冒險，說不定不該去尋寶。就算沒有那些寶藏，我們還不是活得很好？」

史圖依克揉了揉小嗝嗝的頭髮。

「你想想看，」史圖依克興奮地說。「謎語不是說了嗎，只有真正的繼承人能找到寶藏，你一定會找到陰森鬍的寶藏。我一直怕大屁股和鼻涕粗來搶你的族長寶座，等你找到寶藏，他們就不會再說閒話了，這次去冒險

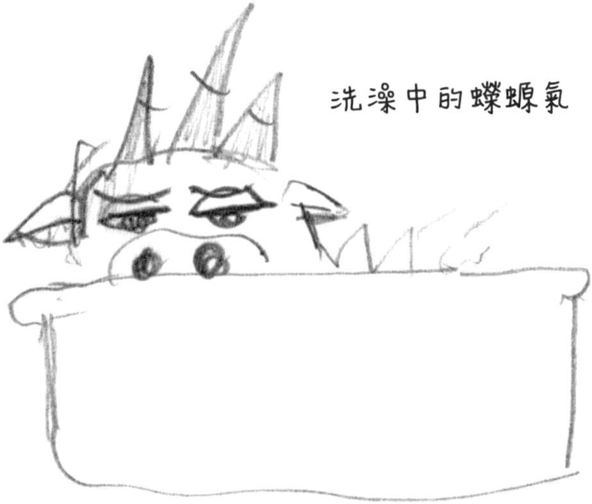

不只是為了榮耀和財寶，還是為了『你』……不過我不得不承認，其實我一直很想找一對漂亮的耳環來戴……」

「要是我找不到寶藏怎麼辦？」小嗝嗝問。

可是史圖依克沒有聽見，他已經大步走遠，去做別的準備工作了。

「真是的。」小嗝嗝說。

第十章　小嗝嗝這輩子（目前為止）最慘的一天

冒險當天清晨，小嗝嗝萬般不願地穿衣服，將父親給他的劍扣在腰帶上，一邊祈禱這把劍不會太礙事。若是平時，他背上可能會背弓箭，但今天他背的是鏟子。他緊張到吃不下麥片粥。

小嗝嗝終於將沒牙拖下床，出發前往毛流氓港，和其他人會合。

沒牙坐在他肩膀上，氣呼呼地用翅膀揉眼睛，試圖揉去眼裡的睡意。

「沒牙不、不、不想去冒險，」牠抱怨。「太笨、笨、笨了。太蠢、蠢、蠢了。太危、危、危險了。」

小嗝嗝十分同意，但他安慰沒牙：「不會怎樣的，反正你有翅膀，被尖頭龍攻擊的話，趕快飛走就好了。」

「是沒錯，可是沒、沒、沒牙不喜歡血、血、血……」沒牙哀嗚。「你被撕成碎片沒牙會想吐、吐、吐……」

「說得好像只有你有意見一樣。」小嗝嗝凶巴巴地說。

魚腳司已經到港口了，一臉氣憤。他的馴養龍——恐牛——坐在他腳邊，安安靜靜地啃東西。

其他男孩四處走動，他們的

龍手套

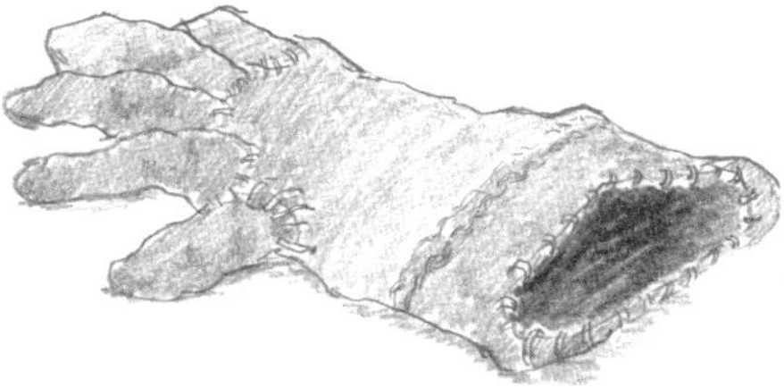

在剷龍時戴龍手套，
可以保護手掌與手臂

龍不是在互相打鬥，就是在上空飛來飛去。一想到有可能被活活吃掉，每個人都激動得不能自已。

「你們覺得尖頭龍跟血腥鱷鳥龍一對一戰鬥，誰會贏？」疣阿豬問。

「當然是尖頭龍啊！」阿呆回答。「這還用問嗎？我父親說尖頭龍是全世界最凶猛的動物，只要用那根特別長的爪子抓下去，鱷鳥龍就拜拜了……」

「那要是，」疣阿豬狡猾地接著說。「尖頭龍的其中一隻腳綁在背後，還能打敗鱷鳥龍嗎？」

「笨蛋。」魚腳司氣鼓鼓。「一群笨

蛋！這些人的腦袋比海草還簡單。」

除了其他男孩以外，尖頭龍島尋寶隊還包括大約五十個成年海盜，全是史圖依克手下最壯、最優秀的戰士。阿爾文正在和這些人談笑、熱情地握手，親切地拍拍大家的背。

偉大的史圖依克心情很好，他四處走動、大聲下指令，等不及開始這次的軍事行動。

「**大家聽著**，我們待會登陸尖頭龍島，就兩人一組散開，到島上各處尋寶。剛才每個人都拿到一支哨子——戈伯，可以麻煩你示範嗎？」

戈伯舉起哨子，用力一吹。

嗶咿咿咿————！

「找到寶藏就吹哨子，其他人聽到這個聲音，就盡快往哨音方向集合，一起把寶藏搬回船上。**別忘了**，尖頭龍白天都在睡覺，而且牠們聽不到聲音，所以我們多吵都無所謂，可是盡量不要踩到牠們。還有一個重點：牠們的嗅覺非常非常敏銳，所以到島上以後，**誰都不准放屁**。聽懂沒？」

戰士們嚴肅地點頭。

「很好，」史圖依克說。「不是光榮就是死亡。」

「**不是光榮就是死亡！**」眾人高呼。

就這樣，尖頭龍島尋寶隊登上他們的好船——幸運十三號——出發往尖頭龍島。

無腦狗臭在上船時「不小心」撞到小嗝嗝，害他摔倒在甲板上，鼻涕粗經過小嗝嗝還故意踩他一腳。

「唉呀，我不小心的。」鼻涕粗一面笑嘻嘻地說，一面漫不經心地揮動閃砍。「祝你好運囉，『沒用』。」

幸運十三號緩緩離開毛流氓港，駛進瀰漫

在內海上的不祥霧雲，霧氣濃得讓人連六呎前的東西都看不清。

航行三、四個小時後，眾人望見濃霧中陰森的黑影，那就是尖頭龍島。小嗝嗝腦袋亂成一團，浮現好幾個想法：**快回家！快掉頭！快棄船逃走啊啊啊啊啊啊啊！**

「不可以流汗，」他告訴自己。「尖頭龍會聞到汗臭。」可是隨著船隻漸漸接近島嶼，小嗝嗝暈船暈得越來越厲害，心裡也越來越怕，以致身體變得越來越熱、越來越熱……

幸運十三號深入數百年來毛流氓們被嚴禁靠近的海域，即使是最勇敢、最聒噪的毛流氓，現在也靜了下來。

這是因為，尖頭龍島是個陰邪之地。

詭異的柱狀黑崖與血紅色泥土，似乎都在輕聲細語：「死亡……死亡……」

島上到處是搖搖欲墜的帽貝殼堆，宛如奇妙的雕像。尖頭龍無法飛行也不會游泳，牠們被困在島上，島上的小型哺乳動物、爬蟲動物和鳥類早在很久以

前就被牠們吃光了，所以過去多年來牠們只能以貝類為食，尤其是數量龐大的帽貝。

島上沒有任何動靜，山坡上不見兔子、老鼠或其他小動物的蹤影，崖上沒有鳥鳴聲，而且小嗝嗝也沒看到尖頭龍的影子，倒是有很多大得令人憂心的地洞。

那些應該就是他們的地底巢穴。小嗝嗝想。

小嗝嗝還沒看過這麼大的地洞，有些洞甚至和集會堂的大門一樣大。

他們一定都在地底下。小嗝嗝邊想，邊用力吞口口水。

島上沒有鳥類或其他動物，而且今天風平浪靜，四周充斥著詭譎的靜謐。

……如果，你無視某個可怕的聲音的話。

請想像粉筆刮過黑板那種令人牙酸的聲音，再乘上一百倍，這聲音像是一千把刀在一千顆石頭上摩擦——不對，比那更駭人。小嗝嗝聽了感覺全身上下的神經都在震顫，然後，他意識到這個恐怖聲響的來源。

這是尖頭龍在地下巢穴裡用石頭磨長爪的聲音，小嗝嗝聽說牠們會在睡覺時無意識地磨爪子，但他從來沒親耳聽過「夢磨」的可怕聲音。

小嗝嗝深吸一口氣。**好吧，至少這樣我們就知道他們沒醒**。他想。

毛流氓們划著船幾乎繞了尖頭龍島一圈，才找到能安全登陸的地點，這是個寬闊的海灣，沙灘上鋪著奇特的血紅沙粒。

阿爾文站起來發表演說。

他開口時，船上每一隻龍都發出嘶吼或低鳴，以示警告。

「我祝各位維京人好運。」他露出輕鬆愉快的笑容。「萬分不幸的是，我無法和各位一起冒險——我當然很希望自己能為這次偉大的任務賭上小命，但無論身體洗得再怎麼乾淨，我身上的味道還是太重，若被尖頭龍聞到了，只會拖累各位。我還是留在這裡顧船吧。」

「是他、他、他說要來冒險，我們才來的耶！」沒牙氣憤地在小嗝嗝耳邊嚷嚷。「你、你看，他是流放者，還是膽、膽、膽小鬼流放者……」

史圖依克同情地拍拍這位朋友的背。「阿爾文，你真是個好人。」他用氣音大聲說（大家都知道尖頭龍沒有耳朵，聽不到聲音，仍忍不住想壓低音量）。「不能參加這次的大冒險真是可惜。好吧，大家自己找個夥伴，兩人一組在島上散開，如果過一個小時還找不到東西，就回這裡集合。」

火蟲早在登陸時就按捺不住興奮，顯然嗅到了什麼，著急地要去尋寶了。她急得尾巴不停搖擺，還開始哀叫和流口水。

「不准跟過來。」鼻涕粗壞笑著說。他和狗臭急匆匆地跟著火蟲走了，經過小嗝嗝時順便踢他一腳。

小嗝嗝和魚腳司站在原地看著沒牙，沒牙看上去卻一點也不興奮，牠靜靜坐在沙地上，若有所思地舔自己的尾巴。魚腳司養的恐牛已經在船上一張凳子下睡著了，顯然靠牠尋寶是不可能了。

「你有聞到什麼味道嗎？」小嗝嗝滿懷希望地小聲問。

沒牙嗅了嗅。

「大便，」牠一臉噁心說。「臭掉的帽貝，還有被太、太、太陽晒熱的尖頭龍……好噁、噁、噁、噁、噁心！我、我、我、我、我們快離開這裡。」

「不對不對，」小嗝嗝壓低聲音說。「我說的不是那些。你有沒有聞到寶藏、黃金、珠寶那類的東西？」

他又狡黠地補充一句：「我相信像你這麼厲害的無牙白日夢，嗅覺一定比猛烈凶魘還要好，對不對？」

沒牙想到火蟲惡劣的態度，氣得身體鼓了起來。牠更用力嗅了嗅。

「**沒牙有點感、感、感、感冒了，**」牠煞有其事地說。「**可是這不影、影、影響我們貴族龍尋寶。那邊可、可、『可能』有東西。**」

牠茫然地朝左方揮揮爪子。

小嗝嗝拔出他過大的劍，往沒牙說的方向出發，隨時注意有沒有醒著的尖頭龍。

他們走在高度及腰的蕨叢和彷彿永無止境的石楠叢中，有點像在博克島踏青；走沒多久，就在泥濘中發現一個超大的腳印。小嗝嗝跪了下來，仔細審視它。

「奧丁大神啊，快救救我們。」他喃喃自語。「從這個腳印看來，這隻尖頭龍的體型是我們之前想的『兩倍』。」

「如果他和血腥鱷鳥龍一對一戰鬥，絕對會贏。」魚腳司忍不住歇斯底里地笑了起來。「好棒喔，來這座到處是尖頭龍的島上冒險就算了，我還快變成『瘋子』呢。」

令小嗝嗝緊張的事情太多，他都不曉得自己該「最擔心」哪件事了。他今天一定要找到寶藏——他已經是班上最差的劍鬥士了，如果現在連祕寶都找不到，就無

法證明自己是陰森翳的傳人，父親一定會很失望。小嗝嗝雖然常讓父親失望，依然很討厭那種感覺。

要是鼻涕粗找到了寶藏，小嗝嗝該怎麼辦？光想到這點，他就全身發冷。他狐疑地看著沒牙，小龍正趴在魚腳司的鏟子上搭便車。之前在博克島練習尋寶時，沒牙表現得非常差，今天找到寶藏的希望很渺茫。

但沒牙也有光榮的一面，牠曾在小嗝嗝被巨無霸海龍吞食時飛進大怪獸的鼻孔，害海龍打了個大噴嚏，救了小嗝嗝一命。沒牙還是有些出乎意料的能力的。

也許牠不僅是英雄，還是隻嗅覺出眾的龍，也許牠剛才真的聞到東西了……也許牠……

沒牙若有所思地挖鼻孔，仔細看看爪子尖端的鼻屎，然後將它一口吞下。牠突然飛離鏟子，看似漫無目的地飛在最前頭；牠帶小嗝嗝和魚腳司兜了個無意義的圈，還差點在地上大便，幸好小嗝嗝在尖頭龍被大便臭味弄醒前制止牠。最後，沒牙落在一座小山丘頂的草地上，坐下來搔搔耳朵。

「可、可、可能在這裡。」牠心不在焉地說。

小嗝嗝心跳加速。

「這裡嗎？」他問。沒牙不假思索地點點頭，兩個男孩便拿起鏟子開始挖洞，一時間竟然興奮到忘了尖頭龍的存在。

挖了十分鐘之後，他們挖到一大堆帽貝殼。

「我的弗蕾亞女神啊，」魚腳司說。「這些尖頭龍也太會吃帽貝了吧？我猜這整座『山丘』都是帽貝殼，說不定整座『島』都是帽貝殼堆成的……」

小嗝嗝的鏟子敲到地下某個又硬又大又重的東西，他屏住氣，又戳了戳它。沒錯，那絕對是個又硬又重的東西。

「我好像挖到什麼了。」小嗝嗝小聲說。

沒牙激動地上下彈跳。

「寶、寶、寶、寶藏！寶、寶、寶藏！」牠歡呼。「你要變成英雄了！沒、沒、沒牙是英雄的龍！你要變成……」

小嗝嗝彎腰抓住那個堅硬物品的一角，雙手用力把那個東西從土裡拉——拉——拉——出來……

那應該是全世界最大的帽貝殼了。

小嗝嗝看著帽貝殼，無力地跌坐在地上的同時，不遠處傳來微弱卻又清楚的哨音。

嗶咿咿咿咿————！

「沒用。」小嗝嗝盯著帽貝殼說。「我真的很沒用。諸神上次給我一隻體型是別的龍三分之一的小小龍……」

「謝謝誇獎。」沒牙也盯著小嗝嗝挖的洞。「我不、不、不、不懂，真的真的有金、金、金、金屬味啊……」

「……這一次又給我這個超大帽貝，祂們果然想告訴我我很沒用。」

「這是我看過最大最大的帽貝殼，」魚腳司讚嘆道。「你說不定發現新物種了！」

「好棒棒。」小嗝嗝諷刺地說。「毛流氓部族這麼愛自然，其他人一定會很佩服我。」

他十分懊惱。

「帽貝再怎麼大，」小嗝嗝說。「終究是帽貝，不是『寶藏』。你有聽過主角發現新品種軟體動物的英雄故事嗎……」

「而且剛剛有人吹哨子，應該是毛流氓部族『真正的繼承人』找到寶藏了。拜託拜託不要是鼻涕粗……」

小嗝嗝不斷對自己重複這句話，和魚腳司一起走向綿延不絕的哨音。

「拜託不要是鼻涕粗，拜託不要是鼻涕粗，拜託拜託拜託拜託不要是鼻涕粗……」

第十一章　恐怖陰森鬍的祕寶

找到寶藏的人還能是誰？當然是鼻涕粗。

他抬頭挺胸站在那裡，鼻孔撐得老大，掛著得意洋洋的笑容，他養的火蟲甚至驕傲得膨脹成平時體積的兩倍。

他身邊圍著一群維京人，大家齊聲為他喊出「毛流氓歡呼」：「**鼻**、**涕**、**粗！鼻**、**涕**、**粗！鼻**、**涕**、**粗！咳——咳——呸！**」

鼻涕粗看到小嗝嗝努力低調地走過來（當你朋友扛著巨大帽貝殼跟在旁邊時，其實很難保持低調），笑得更開心了。

「小嗝嗝，你看看我找到的好東西。」鼻涕粗慢條斯理地說。

鼻涕粗找到的東西是一口大木箱，它很老、很舊，顯然被尖頭龍啃咬過，上頭還用金色大字寫著：「**恐怖陰森鬍的私人財產。請勿打開。**」

小嗝嗝嘆息一聲。這不可能不是他們要找的寶藏。

「來吧。」史圖依克認真地摩拳擦掌。「來開箱囉。」

小嗝嗝瞬間把「安靜」和「保持低調」拋到腦後。

「父親，」他急切地小聲說。「不能在這裡打開，你看，上面不是寫『請勿打開』嗎？要是發生像上次一樣的事怎麼辦？」

「**胡說八道**。」史圖依克大吼。他對兒子失望透頂，為什麼找到寶藏的不是「小嗝嗝」？而且小嗝嗝那個奇怪的朋友為什麼扛著可笑的大貝殼？

這下大屁股一定會說鼻涕粗才是部族的正統繼承人，史圖依克就得用拳頭逼他閉嘴，這都是小嗝嗝的錯。

「我們當然要『現在』打開啊，如果找到藏寶箱還不能打開，那尋什麼寶？」

「請聽我說，」小嗝嗝央求。「恐怖陰森鬍那麼狡詐，他怎麼可能把藏寶箱放著，讓人愛開就開？它一定有『陷阱』。你看看阿爾文，他第一次打開棺材的時候手被夾斷了！我們後來打開棺材，還不是差點嚇死……」

史圖依克的耐心終於用完了。

「你以為自己是老大嗎？」他怒吼。「小子，你不是毛流氓部族的族長，我才是。」

小嗝嗝猛地一縮。

「你說的那些哪是陷阱，明明就只是巧合。我可不打算把這個又大又重的箱子搬回家，到家才發現裡頭裝滿石頭。」

史圖依克眼裡閃爍著小嗝嗝從未見過的貪婪。

「族長，說得好。」打嗝戈伯說。「讓我來。」他把斧頭高舉過頭，重重砍下來，將纏著木箱的鎖鏈劈成兩半。

「這是鼻涕粗找到的藏寶箱，應該由『他』開箱。」啤酒肚大屁股說。

史圖依克嘆一口氣。「好吧。」他說。

鼻涕粗趾高氣昂地走上前，這是他表現的機會。

他不懷好意地看了小嗝嗝一眼。

「完蛋了，完蛋了，完、蛋、了。」小嗝嗝和魚腳司看著鼻涕粗滿是刺青、肌肉糾結的手伸向木箱，不禁喃喃自語。

「完蛋了，完、完、完、完蛋了，完蛋、蛋、蛋了啊啊啊啊。」沒牙說。鼻涕粗緩緩掀起箱蓋，沒牙緊緊閉上眼睛……

吱——吱——吱——咿——咿——咿——咿——啊——啊——

恐怖陰森鬍的私人財產
我在此鄭重聲明
請勿打開這個箱子
否則將後悔莫及……
也蠻人萬碎
此面朝上

第十二章　逃離尖頭龍島

箱子裡裝的，並不是石頭。

裡頭是多到快滿出來的金銀珠寶，有寶石首飾和黃金杯，還有更多更多閃亮得令人頭昏眼花的寶貝，毛流氓們這輩子從來沒見過這麼漂亮的東西。

「現、現、現、現在可、可以看、看、看了嗎？」仍然緊閉著雙眼的沒牙問。

小嗝嗝張開眼睛。「應該可以了。」他遲疑地說。

鼻涕粗打開箱子時，小嗝嗝拔出了他的劍，現在他也湊上去看看箱子裝了什麼。

「看起來，」他狐疑地說。「看起來好像就是寶物，沒有機關。」

「**那當然**，」史圖依克說。「我不是說了嗎？就沒有陷阱嘛。兒子啊，你想像力太豐富了，有時候還是讓年長又厲害的人處理比較好。」

鼻涕粗已經迫不及待地從箱中抽出一把華麗的劍，劍鞘還有精緻的龍、骷髏頭與怒海浪濤圖樣。

這是一把和海盜霸王萬分匹配的劍，鼻涕粗小心翼翼將它拔出鞘時，陽光打在依舊尖銳而閃亮的劍刃上，這把劍雖然被埋在地底多年，卻和當初一樣鋒銳。

劍柄上有雷神索爾的畫像，祂的大鬍子像極了一團海草，神情憤怒，劍身則有鋸齒狀的亮銀色閃電圖紋。

「暴風寶劍……」啤酒肚大屁股悄聲說。

沒錯，這正是恐怖陰森鬍的名劍——暴風寶劍。當初，他就是拿著這把劍，殘酷暴虐地統治內海群島。

鼻涕粗慢慢揮劍，暴風寶劍似乎散發出飢渴的凶光。

史圖依克輕輕從姪子手裡取走寶劍。

「你應該知道，這是『我的』劍。」史圖依克語氣平穩地說。「暴風寶劍屬於毛流氓部族的『族長』，只有族長能佩帶。」

他拋開自己的劍，握緊暴風寶劍，眼裡閃爍著狡猾、貪婪的光芒。

就在這時，沒牙皺起鼻頭嗅了嗅。

「那是什麼味、味、味、味、味道？」

「什麼味道？」小嗝嗝問。

「『那個』味道啊。」蠑螈氣皺著臉回答。

小嗝嗝望向鼻子最靈的火蟲，平時全身火紅的猛烈凶魔，現在趴在鼻涕粗的肩頭，身體呈奇怪的綠色。

「唉呀我的干貝啊！」小嗝嗝大叫。「尖頭龍！快點**把箱子蓋上！**」他撲向箱蓋，試圖把藏寶箱蓋好。

「這小子瘋了。」啤酒肚大屁股說。他用一根粗壯的食指撐著箱蓋，輕鬆阻止小嗝嗝將它蓋上。

「一定是太嫉妒，腦袋都壞掉了。」鼻涕粗冷笑著說。

「把箱子蓋回去！蓋回去！蓋回去啊——！」小嗝嗝被大屁股抓住，只能不停掙扎。

「兒子，沒事，沒事的，」史圖依克很不耐煩，卻還是努力安慰兒子。「這次沒找到寶藏不要緊，你下次就能找到寶藏了。我們不會有事的，尖頭龍看不到、也聽不到我

們的聲音……」

「可是他們會『聞』到我們！」小嗝嗝呼喊。

「那個箱子是陰森鬍的陷阱，裡面的味道會把尖頭龍弄醒！」

「聞到我們？這是什麼意思？」史圖依克問。

他試著吸口氣。現在，臭味濃烈到就連人類也聞到了，火蟲已經在石楠叢中吐了，其他毛流氓也開始聞聞嗅嗅，聞到一股魚與海象死去、腐爛的惡臭……也許還混了蟹肉腐敗的氣味。

「**好噁心。**」毛流氓們低聲說，不再注意箱子裡的寶藏。

「**把……箱子……蓋……回……去！**」小嗝嗝嘶吼，他被其他人的愚蠢舉動氣得臉色發紫。這時，偉大的史圖依克愚笨的臉上，才浮現一絲了然。

「啊……原來是這個意思啊……**把箱子蓋上**。快點、快點！」他終於發現情勢不妙，急忙蓋上藏寶箱，還一屁股坐了上去。

然而，已經太遲了。

那難以用言語描述的惡臭越來越濃、越來越重。尖頭龍就算只聞到這股臭味的「萬分之一」，也會飛快醒轉……這個想法太可怕了，小嗝嗝不敢多想。

就在這時，小嗝嗝赫然發現刺耳的「夢磨」聲消失了……這表示……表示……

「**快跑啊啊啊啊啊啊啊！**」小嗝嗝大喊。

火蟲也剛好選在這一瞬間尖叫：「**逃命啊啊啊啊啊啊啊啊！**」

「快離開這裡。」偉大的史圖依克說完，和打嗝戈伯一起抬起藏寶箱。毛流氓們不必等他的命令，早就全速衝向剛才泊船的海灘了……

「父親，快丟下箱子。」小嗝嗝跑在父親身邊，氣喘吁吁地說。「尖頭龍就會去找箱子，不會來追我們。」

「**怎麼可以**。」史圖依克

眼中仍閃爍著小嗝嗝沒看過的異光。「阿爾文要是知道我們把寶藏丟了，該有多失望啊！更何況，這是我揚名立萬、變成『超偉大』維京海盜的機會。」他喘著氣說，奔跑的時候撞倒一座帽貝殼堆成的小丘。

「父親，你已經很偉大了。」小嗝嗝勸道。「你不需要這些財寶……」

但史圖依克說什麼也不肯拋棄寶藏。

經過地洞時，小嗝嗝聽見洞裡傳來可怕的吸氣聲。

他跑得更快了。

小嗝嗝怕得心臟狂跳，他在石楠叢中跑跳、在蕨叢中狂奔，還一度面朝下摔倒在地。

現在，藏寶箱的臭味已經濃到肉眼可見，剛才戈伯的斧頭在木箱上劈出幾條裂縫，濃稠的黃綠色氣體就是從那裡溢出來的。

海灘旁的山崖映入眼簾，他們已經跑

過最後的尖頭龍地洞了，也許真能活著回到船上。

小嗝嗝忽然聽到令他腹部翻攪的聲音，彷彿巨犬或獅子在石楠叢中奔竄的腳步聲。

「**跑、跑、跑、跑、跑、跑、跑、跑啊啊！**」沒牙飛在小嗝嗝上方三、四英尺處，放聲尖叫。

小嗝嗝、魚腳司、史圖依克和戈伯跑在隊伍尾端，小嗝嗝和魚腳司本來就跑不快，史圖依克和戈伯則是被箱子拖慢了腳步。

我們會先被吃掉。小嗝嗝心想。

尖頭龍群緊追在後，近到小嗝嗝等人聽得見牠們吸氣吐氣的噁心聲響，還有牙齒咬合的恐怖喀噠聲。

小嗝嗝跑到最後的山丘頂，縱身跳向下方的沙地，他落地的姿勢還算合格，卻被自己過大的劍——伸尖——絆了一跤。他在地上翻身，剛好看到一隻不停流口水的巨大尖頭龍伸長爪子撲來，直接跳到

他上方，碩大的頭顱距離他的臉不過幾英寸。

小嗝嗝這輩子還沒看過如此駭人的東西，即使過了數十年、小嗝嗝變成了老阿公，他還是會在噩夢中看到這一幕：尖頭龍的臉不算是臉，牠沒有眼睛和耳朵，只有巨大的鼻子、滴著口水的血盆大嘴及閃亮的銀牙。黑色唾液滴到小嗝嗝臉上，令他作嘔，尖頭龍用一隻腳掌按著小嗝嗝，鼻子上上下下嗅聞他，尋找腳踝的阿基里斯腱，那根長得不可思議的尖爪反射著陽光……

小嗝嗝伸手想拿劍，發現伸尖掉到他搆不到的位置。

他開口求救，卻發不出聲音。

「救我。」他無聲地動嘴。「**救我**。」

有人突然出現，抓住尖頭龍的喉嚨，一劍殺了這頭龍。

那個人，是偉大的史圖依克。

史圖依克看到兒子命懸一線，一時間忘了財寶的誘惑。

他叫戈伯自己把藏寶箱搬上船，自己則右手舉起暴風寶劍，左手提著戰斧，衝去救小嗝嗝。

「還不快跑！」偉大的史圖依克吼道。

小嗝嗝聽話地跑走，踉踉蹌蹌地在沙地上逃命。

他聽到更多尖頭龍從後方跑來。

我……沒辦法……逃回……船……上……。他心想。

前方的沙地上，有個半埋在沙子裡的空心樹幹。

「爬到樹、樹、樹幹下！爬到樹幹下！」沒牙尖喊。

小嗝嗝趕在最後一刻爬到樹幹下，腳踝縮到樹幹下凹陷的沙地時，他聽見尖頭龍牙齒猛咬的聲響。

那隻尖頭龍體型太大，無法跟著小嗝嗝爬到沙地凹陷處，不過牠不停將微微顫動的鼻頭湊到洞邊，啃咬起洞外的圓木。

小嗝嗝撿起地上一根骨頭，全力把骨頭塞進尖頭龍的大鼻孔。

尖頭龍痛號一聲，後退兩步。

上方傳來駭人的碰撞聲，一隻尖頭龍跳到樹幹上……又一隻……又一隻……小嗝嗝聽見牠們啃木頭的刺耳摩擦聲。

在更上方，是沒牙扯著嗓門尖叫的聲音：「**救、救、救命！救命！誰快來救、救、救、救、救命啊啊啊啊！**」

小嗝嗝又看到一隻尖頭龍的鼻子湊到洞外，他用力敲下去……

樹幹四周傳來扒抓聲，尖頭龍挖起沙子了。

牠們突破樹幹的阻礙，不過是時間的問題……

小嗝嗝面前的木頭剛好有裂縫，他往外望，看到父親在沙灘另一頭，正奮力砍殺尖頭龍，往小嗝嗝的方向跑來。史圖依克的馴養龍並沒有棄主人不顧，蠑螈氣很有義氣地跳到一隻比牠大三倍的尖頭龍背上，不顧一切地撕扯這隻正準備撲向史圖依克的尖頭龍。

吱——嘎——嘎——嘎——嘎——嘎——嘎——

一根尖頭龍爪刺穿樹幹，爪尖碰到小嗝嗝胸口，差點連他也一起刺穿。

尖頭龍的頭和肩膀擠到被爪子抓出來的大洞前，牠張開血盆大口，漆黑的咽喉被小嗝嗝看得清清楚楚。

小嗝嗝尖叫著往後跌。

尖頭龍撲上來要殺他時，史圖依克毛茸茸的大手握住小嗝嗝的腳踝，把小嗝嗝從剛才爬進去的洞拖出來。

把小嗝嗝拖出來後，史圖依克將他高高抱起來。

「把手舉高！」史圖依克大吼。

在上空盤旋的蠑螈氣用爪子抓住小嗝嗝兩條手臂，帶著他飛上天空，沒牙也攫住小嗝嗝一隻腳，努力幫上忙。

蠑螈氣將翅膀撐到最大。

小嗝嗝、蠑螈氣與沒牙開始飛行，尖頭龍追著他們跑，不時像搶零嘴的狗般跳起來咬小嗝嗝；為了不讓牠們咬到小嗝嗝，蠑螈氣盡可能飛得更高，累得直呻吟。

飛著飛著，有時蠑螈氣會累到突然墜向海灘，將小嗝嗝嚇得半死；有一次小嗝嗝勉強在最後一秒盪到一旁，避開猛跳上來咬他小腿的怪獸，半條腿差點被咬掉。

兩隻龍和一名男孩終於飛到海面上，蠑螈氣早已用盡力量，飛得越來越低，小嗝嗝的腳

踝在水面拖行。

但至少他們安全了。

尖頭龍不會游泳，而且牠們痛恨海水。

蠑螈氣又拍了幾下翅膀，把小嗝嗝丟在幸運十三號的甲板上，而後疲倦地掉頭飛回去幫主人作戰。

失去了蠑螈氣的幫助，史圖依克只能獨自對抗數量漸增的尖頭龍群。在一般情況下，頂多過十秒這位族長就死透了，沒想到他竟能和尖頭龍鬥得勢均力敵——別忘了，史圖依克可是個四十歲的超級大胖子。

手握暴風寶劍的史圖依克，似乎變了個人。

他太勇猛了。

他發出令人背脊發涼的毛流氓戰吼，眼裡滿是殺意，成功使出「以少敵多戰技」。

這是個極其複雜的海盜戰鬥技能，只有手腳最協調、身手最矯健的鬥士使得出來。

使用此戰技的海盜左手持雙頭超級戰斧，繞著自己的頭不停甩動戰斧，任何靠近戰斧的敵人都會腦袋落地。與此同時，右手持劍的海盜在跳出防禦圈的剎那，用劍攻擊敵人。

你有沒有試過同時用一隻手揉肚子，另一隻手拍自己的頭？如果有，你就知道這個攻守兼備的招式有多困難，只有最強、身體最協調的維京人能夠完美駕馭。

史圖依克緩緩前進，一隻又一隻尖頭龍死在他腳邊，卻仍不停有新的尖頭龍湧進海灘，阻斷通往船隻的路。尖頭龍實在太多了，史圖依克似乎不可能通過這堵肉牆，而全速飛來的蠑螈氣離史圖依克太遠，幫不上忙。

這時，所有在船上觀戰的毛流氓都大吃一驚。他們看著又胖又老的族長跳

上身旁一頭尖頭龍的背，怪獸瘋狂掙扎、扭動，試著將他甩開，可是史圖依克用強壯有力的大腿夾緊龍背，雙手持劍與戰斧砍殺兩旁的尖頭龍。

他在龍群中殺出一條血路，騎著暴怒的尖頭龍一路跑進海裡，彷彿騎的是隻溫馴的馱龍。尖頭龍終於在淺海中甩掉他，史圖依克在空中翻轉成向前飛撲的姿勢，停下動作收起劍與戰斧後，迅速游向幸運十三號。

整片海灘與島嶼天際都是尖頭龍，數以千計的地獄猛獸一湧而上，宛如噩夢中最恐怖的場景。

然而，尖頭龍衝到水邊便停下腳步，站在原地憤怒地尖聲咆哮，甚至氣得開始攻擊較弱小的同類。小嗝嗝眼睜睜看著幾隻尖頭龍被撕成碎片。

毛流氓們不停歡呼、歡呼、再歡呼。

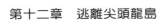

史圖依克非常得意。

他大方接受眾人的掌聲與歡呼，用上衣擦掉暴風寶劍上的血，然後親吻擦乾淨的劍刃。

他仰起毛茸茸的頭，像野獸似地對天「狂吼」，這個一手舉劍、衣衫染血的狂野大漢是誰？小嗝嗝幾乎認不出自己的父親。

第十三章　大吵一架

小嗝嗝胸口剛才被尖頭龍爪擦傷，因為過於驚恐，沒注意到傷口比想像中深。這將在他身上留下永遠抹滅不去的疤痕，每次看到這道傷，就會想到自己在尖頭龍島度過的那個上午。

除了胸口受傷以外，小嗝嗝被蠑螈氣拎著飛行導致右手臂脫臼，戈伯只好幫他把手臂推回原位（戈伯不是什麼溫柔的護士，可想而知，小嗝嗝被他「治療」得非常非常痛），還從自己的上衣撕下一條布，做成簡易的吊帶幫小嗝嗝固定手臂。

毛流氓們花了幾分鐘歡慶任務成功，這才拿起船槳划船。他們急著離開陰森的尖頭龍島，離那座島越遠越好，等到遠遠望見眼熟的懸崖、知道博克島就在前方，才敢收起船槳，讓幸運十三號在飄著濃霧的平靜海域漂行。大家聚集到藏寶箱周圍，等不及看看自己找到了什麼寶貝。

史圖依克再次打開箱蓋，令人作嘔的惡臭幾乎全消散了，財寶之下是幾顆微微冒煙的黃綠色水晶，水晶還飄著臭蛋味——這就是陰森鬍設下的陷阱：水晶遇到空氣的瞬間就會散發臭氣，吸引尖頭龍。

不愧是陰森鬍，居然能想到如此有效、如此致命的機關，守護他的財寶。

說到財寶，這真是壯觀的收藏啊……阿爾文瞠目結舌地拿起一件又一件寶貝，手指捏起閃亮亮的金幣銀幣，三分鐘過去了，他一句話也說不出來。

「當然，寶藏有一成歸你。」偉大的史圖依克大聲說，他為自己的慷慨大方感到驕傲，還高興地挺起大肚子。

「敬愛的史圖依克先生，您太——大方了。」終於有辦法發出聲音時，阿爾文低聲說。

「等一下，給我等一下！」啤酒肚大屁股打斷他們。「首先，我要你承認這箱寶藏是『鼻涕粗』找到的。」

「我承認。」偉大的史圖依克不情願地說。

小嗝嗝知道自己還活著就該偷笑了，心裡依然難過得不得了。他聽出大屁股的意思——小嗝嗝雖然是族長的兒子，卻不是毛流氓部族真正的繼承人，真正的繼承人是向來更壯、更快、更厲害的鼻涕粗。

「再來，」大屁股繼續說。「既然**寶藏是我兒子找到的**，那嚴格來說這是鼻涕粗的寶藏，至於鼻涕粗想不想分給這個陌生人嘛……」

「鼻涕粗一點也不想。」鼻涕粗笑嘻嘻地說。

偉大的史圖依克大力蓋上藏寶箱，揪住啤酒肚大屁股的領子把他整個人提起來——你要知道，這個動作可不容易，啤酒肚大屁股的身材和很久沒運動的殺人鯨差不多。

「**我是這個部族的族長！**」偉大的史圖依克怒吼。「**是我帶大家去尖頭龍島**

尋寶，所以恐怖陰森髫的寶藏屬於我，這是我一個人的寶藏！」

啤酒肚大屁股猛戳了一下史圖依克的側腹，史圖依克痛得立即鬆手。大屁股對史圖依克咆哮：

「**老哥，大概是當族長當太久，連諸神都暗示你該退休了！那個預言不是說陰森髫的繼承人才能找到寶藏嗎？如果我兒子是繼承人，毛流氓部族的族長應該是我才對！**」

「**亂講！**」史圖依克跺腳大嚷。「**我是族長！**」

「**才不是！**」

「**我就是！**」

他們抓住對方的肩膀互瞪，頭盔的角卡在一起，模樣像極了發情的雄鹿。

「讓開。」史圖依克低沉的聲音帶有警告意味。

「『你』才要讓開。」大屁股回答。

「『你』才要讓開。」

「**你！**」

「**你啦！**」他們這樣僵持了很久、很久、很久。

沒有人注意到阿爾文怪異的舉動。

幸運十三號航行到距離博克島海崖近處，大部分的馴養龍都拍著翅膀飛回毛流氓村，先去進食和休息了，船上只剩沒牙一隻龍。沒牙很懶惰，牠覺得幸運十三號離博克島還太遠，飛過去太累了，而且牠剛剛替自己抓了一條肥滋滋的鯖魚，正打算好好飽餐一頓。史圖依克和大屁股吵起來的時候，沒牙在甲板上看得津津有味。

不知為何，阿爾文抬起一個大型空木桶，罩住興奮的小沒牙，將牠困在沉重的木桶下。

接著，他打斷史圖依克與大屁股的爭執。

「好了、好了，」阿爾文和氣地說。「大家都是自己人，有什麼好吵的？毛流氓部族即將展開壯闊的全新篇章，我們應該很『高興』才對，反正財寶這麼多，各位一輩子也用不完，是不是？來，為我們找到失落的祕寶乾一杯吧！」

毛流氓們恨不得化解這尷尬的局面，因此齊聲歡呼，有些人還幫忙倒黑醋栗酒。史圖依克和大屁股似乎沒有要分開的意思，戈伯和大臭屁只好強硬地拉開他們。

偉大的史圖依克拔出暴風寶劍，他剛才已經在藏寶箱中找到一副漂亮的耳環戴上了。

「笨蛋們，**英雄們**，」他高呼。「我們這群所向無敵的野蠻人，將會成為新帝國的中心，建立比全盛時期的羅馬還要輝煌的帝國！有了這些財寶，」史圖依克舉起酒杯，雙眼炯炯有神。「我們毛流氓部族就『所向無敵』——」

第十四章　情況越來越糟了

話還沒說完，史圖依克就被一個眼神狂亂的壯漢扣住脖子，一把不怎麼乾淨的刀架在他頸邊。史圖依克呼吸困難、瞪大眼睛，嘴裡的最後幾個字變成：

「**無**——呃——呃——呃——」

每一個坐在划船凳上的毛流氓都被人從後方架住，喉嚨旁都架著一把刀。

毛流氓們才剛逃離尖頭龍島，心情還沒平復下來，而且忙著吵架或慶祝，根本沒注意到一艘流線型小船在霧氣中漸漸逼近，駛到幸運十三號旁邊。這艘名叫「雙髻鯊號」的小船船身漆了紅色骷髏頭，船帆和鯊魚背鰭彎成同樣的弧度，船上滿是「流放者」。

這些人一頭醒目紅髮、穿著華麗衣服、戴著名貴金飾，而且高大粗壯，可是整體而言一點也不好看。很多人臉上有疤，有一、兩個人缺了鼻子或耳朵，還有許多人把牙齒磨得和鯊魚齒一樣尖銳，就連本來長得還算耐看的人也刺了一身暗紅色刺青，據說是用敵人鮮血刺出來的。他們用最難學的維京語言——流放者語——交談，聽起來很像狗吠聲。

流放者們剛才從幸運十三號的側面爬上船，趁毛流氓們忙著欣賞財寶和自誇時溜到他們背後。沒牙當然聞到了這些人，牠在沉重的木桶中瘋狂尖叫：

「**流放者！笨、笨、笨、笨人、人、人類，快跑、跑、跑啊啊啊啊！**」

可是沒有人聽到牠的聲音。

在毛流氓們看來，情況越來越糟了。流放者和尖頭龍有個共同點：大家都希望這輩子都不要遇到這兩種生物，沒想到毛流氓們一個上午就和這兩者近距離接觸了。

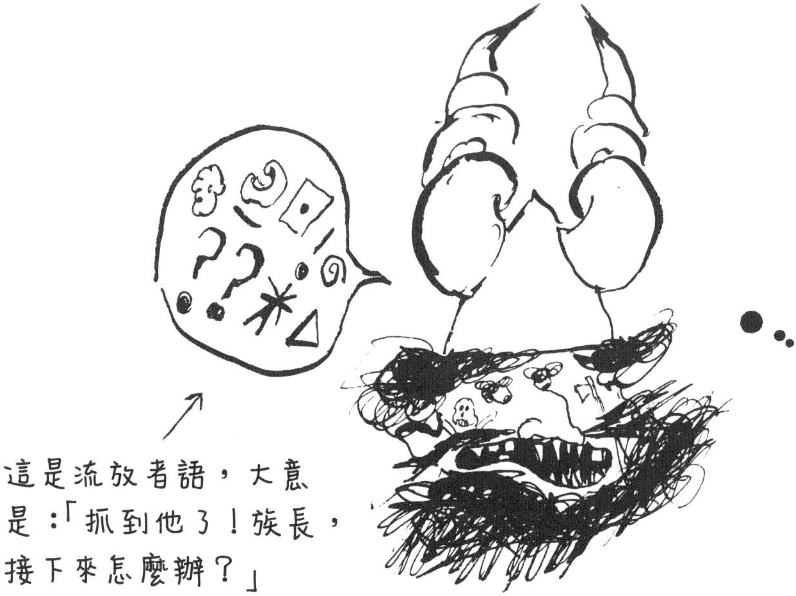
這是流放者語，大意是：「抓到他了！族長，接下來怎麼辦？」

小嗝嗝一時間沒意識到他們是流放者部族的人，只知道自己的族人麻煩大了。

他看著掐住史圖依克喉嚨的恐怖男人，心臟在胸腔狂躁鼓動。那個人頭盔上的螺旋形尖角幾乎有三英尺高，發出的聲音像極了惡犬的低吼。

眾人沉默了整整一分鐘，沒有人動彈、沒有任何人出聲——除了抓著史圖依克的流放者發出的狗吠及阿爾文喝酒的聲響。

阿爾文並沒有被人拿刀架住脖子。

他泰然自若地喝下最後幾滴甜美的黑醋栗酒，放下酒杯。

「我為我們的冒險旅程準備了一點……小驚喜。」阿爾文掛著魅力十足的笑容。「我最——喜歡驚喜了，親愛的史圖依克，您喜不喜歡驚喜啊？」

史圖依克發出難以辨別的喉音。

「是不是很好玩？」阿爾文接著說。「萬分不幸的是，毛流氓部族的壯闊新篇章可能得『稍微』等一下了。老實說，我覺得我得到的財寶不該只有一成，我怕與您意見相左，於是請了幾位親友來……『說服』您。」

史圖依克又咕嚕一聲。

阿爾文對螺旋角吠了一句流放者語，抓著史圖依克的螺旋角用吠聲回話。

「不得不承認，我也許稍——微撒了幾個無傷大雅的小謊。」阿爾文說。

「我的名字不是老實的窮農夫阿爾文，而是奸險的阿爾文．最強最殘忍．流放

奸險的阿爾文·
最強最殘忍

者部族最高族長。說來奇怪，我總覺得如果一開始就對您說出真相，您應該不會熱情招待我。」

「你是『流放者』？」毛流氓們驚呼。

阿爾文哈哈大笑。

「沒錯，」他說。「我是流放者。各位有所不知，我們流放者並不是天天穿著獸皮，像動物一樣用四肢爬行，即使是我們，也懂得隨時代進步。」他走到史圖依克面前，輕輕取走握在史圖依克手中的暴風寶劍。

「我想，這應該是『我的』了。」阿爾文說。

他拆下右手的鐵爪，將「劍爪」裝在手臂上，接著小心把暴風寶劍固定在爪上，轉得很緊，緊到完全不可能鬆脫。小嗝嗝看著他熟練地做這一連串動作，一邊聽他說話。

「史圖依克先生，我告訴您，」阿爾文說。「同為野蠻人族長，我們面對相同的困境：近來文明勢力漸漸擴張，我們只能變得比以前**更凶**、**更猛**。親愛的史圖依克啊，您太軟弱了。」

「**才沒有！**」史圖依克氣憤地抗議。

「恐怖陰森鬍若見了您現在的樣子，想必會死不瞑目。」阿爾文嘖嘖兩聲。「現在的毛流氓部族不過是群『業餘人士』，沒有任何惡念，只懂得虛張聲勢。至於我呢，我一直努力確保流放者部族跟得上時代，表面上接受了文明世界的衣著與舉止……內在卻比以前更勇猛，更像真正的流放者，我們才是『專業海盜』，我們冷酷無情、殺人放火、吃肉喝血、買賣奴隸……」他頓了頓，喘口氣。

「說到這個，」他又說。「各位再看這座無趣的小島最後一眼吧……」他揮手示意博克島的海崖。「諸位毛流氓將親自加入奴隸販賣行業，扮演其中最重要的角色：『奴隸』。」

毛流氓們哀聲連連，對獨立又自傲的維京人而言，沒有比成為奴隸更慘的下場了。

「各位一定能成為優秀的奴隸，」阿爾文和善地說。「你們身強體壯，而且——請恕我直言——不怎麼聰明。我這個人向來不喜歡威脅他人，但我必須聲明，若有誰提出異議，我會讓那個人後悔一輩子。」

一名沒有鼻子的流放者走上前，從腰間取下一條醜陋的黑色鞭子，鞭子握柄是蛇的形狀。

阿爾文拍拍手，流放者們開始將俘虜押上雙髻鯊號。

「沒錯，各位都將成為奴隸……」阿爾文笑吟吟地說。「……史圖依克先生除外。」

螺旋角鬆手，史圖依克傲然踏上前。

「我們非常尊重族長，以及他們的後代，」阿爾文的語氣多了一絲陰狠。「所以，我們會『吃』了他們。」

「那不是『吃人』嗎！」史圖依克非常震

驚地說。

「是啊、是啊，」阿爾文嘆息一聲。「這是個過時的習俗沒錯，但我若拋棄所有舊習，其他流放者怎麼可能尊敬我呢？」

「可是……可是……可是……可是……」史圖依克一時間說不出話來。

「無論您怎麼說，我都不會改變心意。」阿爾文溫和地說。「沒有哪一頓晚餐是自願被吃掉的，您說是不是？史圖依克先生，您會吃豬肉嗎？」

「會是會……」史圖依克承認。

「那您就該明白，」阿爾文接著說。「沒有任何一隻豬會『自願』成為晚餐啊。對了，說到自願……」他似乎想到什麼好笑的事，愉快地輕笑幾聲。「我剛才說過，獲得這份……殊榮……的不只有史圖依克先生，」他說。「還有他的後代。我知道這件事近來頗受爭議，所以我想請問各位，」阿爾文竭力擺出正經的表情。「偉大的史圖依克的繼承人，究竟是誰呢？能麻煩繼承人舉手嗎？」

說也奇怪，鼻涕粗並沒有舉手。

流放者語，意思是：
「那隻瘦巴巴的小蝦米，竟然是毛流氓部族的繼承人？」

他還試圖躲在無腦狗臭身後，雙眼緊盯自己腳上那雙鑲了青銅片的涼鞋，彷彿沒聽見阿爾文的發問。

小嗝嗝嘆了口氣。

他站上椅凳，讓所有人看見他。

「是我。」小嗝嗝說。「我是偉大的史圖依克的繼承人。」

史圖依克露出驕傲的笑容。

聽到小嗝嗝的發言，即使是最有禮貌的流放者也轉頭和同伴交頭接耳，小嗝嗝聽不懂流放者語，但他知道這些人在說：「那隻瘦巴巴的小蝦米，竟然是毛流氓部族的繼承人？」

兩名人高馬大的流放者將小嗝嗝從凳子上抓起來，把他放到偉大的史圖依克身邊。

阿爾文舉起暴風寶劍。如果說，獨角鯨的角是牠鼻子的加強版，那暴風寶劍就是阿爾文手臂的加強版。

「它是不是很適合我啊？」阿爾文問。

陽光掠過劍刃上的閃電圖紋，阿爾文輕輕用指尖滑過劍鋒，血珠立即落在甲板上。

「這麼鋒銳的劍，一定能瞬間完事。」他信誓旦旦地說完，提劍走向小嗝嗝。

第十五章　幸運十三號之戰

阿爾文高舉著暴風寶劍，一步步逼近小嗝嗝。

小嗝嗝閉上雙眼，等著寶劍砍下來。

然而就在這一刻，困住沒牙的木桶終於倒了。

過去五分鐘，沒牙一直用全身的重量撞擊木桶內側，最後，牠特別用力推，終於推了出去，木桶向旁傾倒，高速滾向

甲板另一頭，沒牙則在裡頭滾了一圈又一圈……木桶直直撞上奸險的阿爾文的腿……阿爾文一個腳步不穩，摔倒在甲板上……

阿爾文詫異地痛呼一聲，在那關鍵的剎那，流放者們分了心，史圖依克趁機轉身用漂亮的上鉤拳打中螺旋角，螺旋角下巴被重擊，不支倒地。

幸運十三號的混戰，就從這一刻開始。

把刀劍架在毛流氓頸邊的流放者們被轉移注意力，握著刀劍的手微微放下，毛流氓們趁機行動。

「**這才像話！你說誰太軟弱，你說啊！**」史圖依克發出維京戰吼，赤手空拳撲向敵人。他抓著兩名流放者的頭，將他們狠狠對撞，一腳踢在第三個流放者腎臟的位置，還趁那個人痛得彎下腰時，撐著他的背跳過去攻擊另外兩個流放者。

若不是啤酒肚大屁股及時趕來幫忙，史圖依克再怎麼神勇也不可能空著手在戰鬥中占上風，他們兩兄弟五分鐘前還吵得臉紅脖子粗，現在卻背靠背一起迎敵。

很多很多年後，毛流氓們還會對子子孫孫述說「幸運十三號之戰」的故事。流放者部族在維京世界以恐怖的軍事力量聞名，但毛流氓們現在走投無路，而且已經火大了，每個人都為自己的「自由」奮鬥，戰得比過去更狂野、更勇猛。

這場戰鬥之後，毛流氓部族有整整二十名戰士榮獲「黑星勛章」。（註4）這也是理所當然，因為這場戰役中大家展現出無比壯觀的海盜戰鬥技能。

老戰士戈伯功不可沒，是他把自己的一身戰鬥技能教給在場大部分的戰士——沒腦袋阿笨在甲板一角使出複雜的「戰斧之舞」，迅速將兩把戰斧拋到空中又接住，讓敵人看得頭昏眼花，再突然衝上前給對方致命的一擊。

註4　黑星勛章是頒發給毛流氓部族戰士的獎章，只有在戰場上表現優異的戰士能獲得這份殊榮。

海盜訓練課程的學生聚集在桅杆旁，勇敢地攻擊比自己高大許多的流放者，使出在海上鬥劍課學到的一切。

魚腳司的表現更是讓人跌破眼鏡，戰鬥開始時他失控地撲向敵人，一邊瘋狂尖叫，一邊像瘋子似地揮舞他的劍。

維京人稱這種狀態為「狂戰士模式」，狂戰士在維京人社會非常受人尊敬。

你可能連作夢都沒想過，魚腳司有可能成為狂戰士，但人生就是這麼難以預料。

流放者們不敢接近魚腳司，即使是身高僅四呎十吋、一雙瞇瞇眼、瘸著腿又完全不懂劍術的狂戰士，也令人敬畏。

在此，我們不得不（勉勉強強）承認，鼻涕粗的表現非常勇敢、戰鬥能力也極為出色，他手腕轉得很快，操控閃砍迅速刺、收、揮、砍，漂亮地使出毀滅者的防禦、陰森翳扭打技、最終一擊，還有很多精細的劍術技巧。五分鐘

魚腳司變成「狂戰士」

後，他腳邊多了三具流放者屍體，三個人都比鼻涕粗高大得多，體重也重得多。時至今日，還沒有任何菜鳥海盜能破鼻涕粗的紀錄。

要是能誠實地說小嗝嗝表現得同樣出色，那該有多好——可惜小嗝嗝的表現並不出眾，別忘了，他不久前手臂才脫臼，伸尖現在還躺在尖頭龍島的海灘上。即使如此，小嗝嗝還是盡力了，他趁打嗝戈伯和螺旋角打鬥時，用左手從螺旋角口袋摸走一把鑰匙。剛才有四、五個毛流氓已經被流放者用鎖鏈綁好，準備抓去當奴隸了，小嗝嗝用鑰匙幫忙開鎖，讓他們加入戰鬥。

沒牙也引起一陣騷動，牠頭暈目眩地滾出木桶，看到第一條毛茸茸的腿就想也不想地咬下去。那條腿的主人剛好是個肥得不可思議的流放者，他痛得鬆開手，手裡的信號彈落入一桶黑醋栗酒。

天曉得那桶酒裡摻了什麼鬼東西，信號彈掉進去後，整個木桶都燒了起來。

火勢一發不可收拾。

船帆猛燒起來，甲板上瀰漫著濃濃黑煙。

大家紛紛跳到海裡，逃離幸運十三號的大火。

史圖依克撲進海裡，猛地游到流放者的雙髻鯊號，繼續戰鬥。他爬上雙髻鯊號的同時，轉頭對兒子大喊：

「小嗝嗝，快點！」

「你父、父、父、父親說得對，」

沒牙喘著氣說。「我、我、我們快走。」

小嗝嗝遲疑了。

魚腳司還在幸運十三號甲板上。

他現在還處於狂戰士模式，提著劍追著阿爾文，想找機會殺死他。

阿爾文跑回去救寶藏了。

「**魚腳司！**」小嗝嗝絕望地大叫。「**快離開這艘船！**」

魚腳司沒聽到他的呼喚。

「**魚腳司！**」小嗝嗝又高喊一聲，他還是沒跳船。「**再不走就來不及了！**」

已經來不及了。

上方傳來震耳欲聾的「吱吱吱吱吱呀啊啊啊啊啊——！」聲，燃著熊熊大火的桅杆倒向海面。

史圖依克站在雙髻鯊號的甲板上，驚恐地看著幸運十三號上下翻轉，小嗝嗝、魚腳司、阿爾文與沒牙都被困在船下。

然後，整艘船在史圖依克的注目下，開始下沉。

史圖依克知道這裡離海崖太近，海水非常、非常深，深得連設陷阱捕龍蝦都有困難。

「**小——嗝——嗝！**」史圖依克絕望地叫喊。

他心裡明白，自己再也見不到兒子了。

遭遇如此凶險的情況，還有誰，能活著回來呢？

第十六章　海底

小嗝嗝腦中冒出的第一個想法是：**我要淹死了**。他被下沉的船帶得不停翻跟斗，不停往下、往下、再往下沉，速度快到他覺得自己的頭要炸裂了。他感受到一陣詭異的平靜，不再在乎自己的死活……突然有人用力扣住他的肩膀，把又嗆又咳的小嗝嗝拖上水面。船沉時，有一點空氣被上下翻轉的船帶進海裡。

幸運十三號仍在迅速下沉，小嗝嗝的耳朵「啵！啵！」了好幾聲，很不舒服，但至少他現在能呼吸了。

「輪到『我』救你一命了。」魚腳司喘著氣說。

「是啊。」小嗝嗝喘過氣，諷刺地說。「我現在會在這裡，還不是你害的？要不是你剛剛一直追著阿爾文，我們現在早就在另一艘船的甲板上了……你剛剛都沒聽到我叫你嗎？」

魚腳司臉頰發燙。「其實什麼都聽不到。」他小聲說。

「現在才發現你是個狂戰士，這個時機也太糟糕了吧。」小嗝嗝抱怨。

魚腳司的臉更燙了。「你覺得我真的是狂戰士嗎？」他害羞地問。其實他今天發現自己心中有暴力傾向，感到非常自豪。

「那當然。」小嗝嗝說。「話說回來，你還沒救我一命，等我們都回到毛流氓村，安安全全躺在床上，你才可以說自己救了我。我們到底在哪裡啊？」

船終於停止下沉，緩緩落在海底。

「在海、海、海、海底。」沒牙說。牠蹲在翻過來的流放者頭盔裡，漂在水上，宛如坐

在巢中的猛禽，眼睛在黑暗中如燭火般閃耀（普通花園龍只有這一個有趣的特點：牠們的眼睛會在黑暗中發光）。

「船翻過來了，我們好像被困在下面，還好這裡有一點空氣。」魚腳司解釋。

小嗝嗝抬頭一看，果不其然，幸運十三號的椅凳現在都黏在「天花板」上，這裡彷彿又長又矮的拱形廳堂，「地板」則是水做的。椅子、船槳與坐墊從旁邊漂過，但就他目前看來，這裡除了魚腳司、沒牙和他自己之外沒有別人，沒有憤怒的流放者，也沒有友善的毛流氓。

「其他人應該都及時跳船了。」魚腳司說。

「等一下，」小嗝嗝說。「那邊的凳子底下好像有人……」他潛到水面下，游泳時激起的水花濺了魚腳司和沒牙滿身。

他潛水將近一分半鐘，終於帶著全身發軟、臉色發綠的奸險的阿爾文浮到水面。

「你救『他』做什麼？」沒牙抱怨。「他是老、老、老鼠。你要的話，沒牙可以殺他。」說到這裡，沒牙心情突然變好，牠朝不省人事的阿爾文伸出爪子。

阿爾文像是聽到這句話，突然睜開眼睛，整張臉皺成一團，像小嬰兒一樣哭叫。

「我的寶藏，」他哭著說。「我的寶藏沒了、沒了、沒了……」

「我們對你的寶藏沒興趣。」魚腳司冷冷地說。「不到半個小時前，你不是想把毛流氓部族所有的人抓去當奴隸嗎？不是還想把可憐的小嗝嗝當開胃菜吃掉嗎？要不是你和你那什麼寶藏，我們現在怎麼會在這裡？我們應該坐在集會堂裡，上打嗝戈伯的『嚇唬外國人』課，呆呆看著窗外才對。」

「我們還是可以找到寶藏，」阿爾文急迫地說，一邊盯著下方的海水。「海底就在下面，離我們不遠，寶藏一定在那裡。大家

幫幫我，到時候我們都可以過榮華富貴的生活……」

「死瘋子，閉嘴。」魚腳司怒罵。

「沒時間說這些了。」小嗝嗝插嘴。「今天真的有夠慘——我覺得我們的空氣越來越少了。」

他說得沒錯。

船下的空氣正逐漸減少。

第十七章　情況怎麼又變得更糟了？

「天花板」絕對比剛才近了不少，現在小嗝嗝頭盔的角距離甲板只剩幾英寸了。

他們沉默片刻。阿爾文瘋狂的眼睛又恢復正常，除了財寶，他最在乎的就是自己的小命。

小嗝嗝平時雖然過得很辛苦，在緊急情況下卻能保持鎮定。「好，」他說。「沒牙，你從船底下游出去，看看我們離海面有多遠，能不能游上去。快點啊！」他看沒牙動作慢吞吞的，又催促一聲。

「好啦好啦，」沒牙嘀咕。「急、急、急、急什麼……」

小龍潛到水面下，游得不見蹤影。少了牠發亮的眼睛，周遭一片漆黑，三個維京人幾乎什麼都看不到，小小的空間瀰漫著詭譎的寂靜，只有水浪拍打船身的聲響及氣體外洩的細微聲音。

五分鐘後，空氣又變得更少了，小嗝嗝的頭擠在幸運十三號的木造「天花板」下，不得不拿下頭盔。

阿爾文快崩潰了。「那隻低等爬蟲類跑哪裡去了？」他嘶聲說，結果海水流進他嘴裡，嗆得他連連咳嗽。

「『那隻低等爬蟲類』，」魚腳司和阿爾文一樣害怕，但他很努力不表現出來。「正在想辦法拯救你的小命……」

又過了五分鐘，三個人不得不仰頭讓鼻子凸出水面，才能呼吸所剩不多的空氣。**沒牙再不回來，**小嗝嗝心想。**我們都要在黑暗中溺死了……**

下方的黑暗中多了兩盞小燈，是及時游回來的沒牙。

「嗯，」沒牙說。「這裡太、太、太深了，人、人、人、人、人類沒辦法游上去……可是有一個洞、洞、洞、洞、洞穴……跟、跟、跟沒牙來……」

「魚腳司你抓著我，用力踢水。」小嗝嗝之所以這麼說，是因為魚腳司不會游泳。

小嗝嗝在最後的空氣消失前最後一秒深吸一口氣，跟著沒牙潛入水裡。

幸運十三號的邊緣架在海底幾顆大石頭上，小嗝嗝得從縫隙游出去。

到了船外，四周漆黑無光，小嗝嗝有點搞不

清楚狀況。他看到沒牙往上游，旁邊的海崖有個小洞，洞口發出亮光。他的腿給魚腳司抓著，所以怎麼也游不快，但仍努力無視肺裡空氣快用完的緊張感，盡快游向那個洞。小嗝嗝游進洞裡，接著往上穿過一條不長的通道，猛然破水而出，大口喘氣。這裡是個巨大的地底洞窟，小嗝嗝是從洞裡一個大水池游上來的。

一秒過後，阿爾文也游了上來，和小嗝嗝與魚腳司一起躺在水池裡。

洞穴十分寬敞，而且以地底洞窟而言亮得出奇，洞裡的綠色幽光似乎來自電蠕龍，那是種很小的類龍生物，會散發磷光。水沿著洞壁往下流，也從洞頂滴落。

小嗝嗝還活著、還能呼吸空氣，高興得一時間覺得這個洞穴再舒適不過。

過了一小段時間，他驚恐的大腦才注意到，他們還沒脫險。

「那，」魚腳司說。他努力不崩潰，並動手擰乾褲子，還揮動手臂讓衣服快點乾。「我們現在要怎麼離開這裡？」

若不是小嗝嗝性命堪憂，肯定會覺得洞穴裡的岩石很有趣，有的岩石還有形狀奇特的龍化石，甚至有已經滅絕的特殊品種……但即使發現了一具完整的土嘶牙龍骨骸，小嗝嗝也高興不起來，在這種情況下，找到超級罕見、大家覺得不曾存在的龍化石，又有什麼用？

他們花大約一個半小時在洞裡繞了一圈又一圈，最後只能無奈地承認：這裡沒有出口。他們坐了下來。

族人不在身邊、又不得不直視死亡時，阿爾文似乎又恢復之前友善、隨和的樣子，他甚至為這場災難道歉。

「我還是不敢相信，」魚腳司劇烈顫抖地呻吟。「這簡直像『噩夢』，我每次覺得我們終於安全了，又發現其實『一點也不安全』，只是從上一個危險情境跑到『新的』危險情境而已，而且現在的情況比原本更慘。」

「好吧，」小嗝嗝努力不讓自己絕望。「現在的情況很糟，可是我相信我一定能想到離開這裡的辦法……」

沒牙在洞窟後頭嗅來嗅去，牠突然打斷小嗝嗝，喊道：「**沒牙聞到這、這、這邊有金、金屬！**」

「**沒牙好乖，**」小嗝嗝說。「**可是尋寶任務早就結束了。**」

「我們今天一大早就差點被尖頭龍撕碎，」魚腳司接著說。「差點被食人族吃掉、差點在船上被燒死、還差點在海底溺死……現在困在這個沒有出口的地底洞穴，等著慢慢餓死……今天真的有、夠、慘。」

「**喔好吧，不、不、不是金屬，**」沒牙失望地說。「**只不過是一扇門、門、門……**」

「有『門』？」阿爾文、小嗝嗝和魚腳司跳起來，滿懷希望地衝到沒牙身邊。

他們抹掉洞壁的塵土，發現那真的是一扇

門。剛才怎麼沒發現這裡有門？

「這是出口嗎？」魚腳司驚呼。

「不見得。」小嗝嗝緩緩地說。

這扇門上漆著「骷髏頭」。

而且還有異常眼熟的字跡。

潦草的大字被刻在木門上，看樣子應該是用劍刻出來的。

「**請勿打開這扇門**，」門上寫著。「**只有恐怖陰森鬍真正的繼承人才能開門。**」

「**這次我是認真的**，」門上寫著。「**這是海盜的私人財產，開啟這扇門，就得面對死亡、災害與其他可怕的東西。**」

小嗝嗝抬起頭，對上奸險的阿爾文閃閃發亮的眼睛。阿爾文的友好表象又消失無蹤，他舉起右手臂，暴風寶劍還牢牢裝在「劍爪」上。

他什麼也不必說。

他要的是什麼，小嗝嗝再清楚不過。

「……不行。」小嗝嗝慢慢倒退。「我不會開門的。」

「你會。」奸險的阿爾文微微一笑，暴風寶劍的劍尖抵著小嗝嗝胸口。

「可是我不是恐怖陰森鬍的繼承人啊，」小嗝嗝抗議。「鼻涕粗才是。你忘了之前的謎語嗎？找到寶藏的人才是真正的繼承人。」

「問題是，鼻涕粗找到的，是『真正的』寶藏嗎？」阿爾文問。「那也許是陰森鬍準備的誘餌，讓人以為他們已經找到寶藏了——可是真正的寶藏藏在這扇門後，只有潛到海底的人才能找到這個洞穴，你能想到比這更好的藏寶地點嗎？如果鼻涕粗找到的不是真正的寶藏，那就表示毛流氓部族真正的繼承人不一定是鼻涕粗。」

「這倒是好消息。」魚腳司努力緩解緊張的氣氛。

「『你』才是真正的繼承人。」阿爾文靜靜地說。「我在幸運十三號上問誰是毛流氓部族的繼承人時，是誰站起來？不是鼻涕粗，是『你』。這都是恐怖陰森鬍和命運設下的考驗，這麼一想，那道謎語就很合理了——我們不是剛逃離『水之墳墓』嗎？

「剛剛是誰的馴獸嗅到這扇門？是『你』的。」

「你、你、你看，」沒牙說。「**沒牙比火蟲更會聞、聞、聞東西。**」

「小嗝嗝，你才是毛流氓部族真正的繼承人，」阿爾文說。「所以只有『你』能安全開啟這道門。」

「可是我不想打開這道門。」小嗝嗝說。「再給我一點時間，我相信就能找到離開洞穴的方法。你不怕陷阱嗎？你上次打開陰森髑的棺材，右手就被夾斷了……我們打開陰森髑的藏寶箱，結果箱子釋放臭味、喚醒尖頭龍……我知道一旦打開這扇門，絕對──**絕對**──會發生很可怕的事。想想看，陰森髑的陷阱一個比一個危險，你真的要我打開這扇門嗎？」

「對了，我忘了告訴你，」阿爾文泰然自若地說。「如果你不開門，就給我**去死**。」

他把暴風寶劍微微往前送，刺破小嗝嗝心臟上方的皮膚。

「你的意思是，」小嗝嗝說。「如果我開了門，你就不會殺我，也不會殺我的朋友？」

「我保證不會。」阿爾文說。「我以『奸險』的名號發誓。」

「『奸險』的名號……」魚腳司哀聲說。「意思不是很清楚嗎……假設這扇門後面有寶藏，他拿到寶藏的瞬間，我們就死定了……」

「可是我要是不開門，他就會現在殺死我們。」小嗝嗝指出。「我沒得選啊。」

他走到門前，咬著嘴唇將沉重的鐵門往左滑。

「完蛋了，完蛋了，完、蛋、了……」魚腳司和沒牙緊閉著眼睛喃喃自語。

小嗝嗝很——慢——地打開那扇門……

吱——吱——吱——咿——咿——咿——咿——呀——啊——啊……

阿爾文、魚腳司、小嗝嗝與沒牙呆立在原地，震驚得像魚一樣嘴巴張張合合，什麼聲音也發不出。

門後是另一個巨大的洞窟，洞裡滿是金銀財寶，就算是和阿爾文一樣貪心

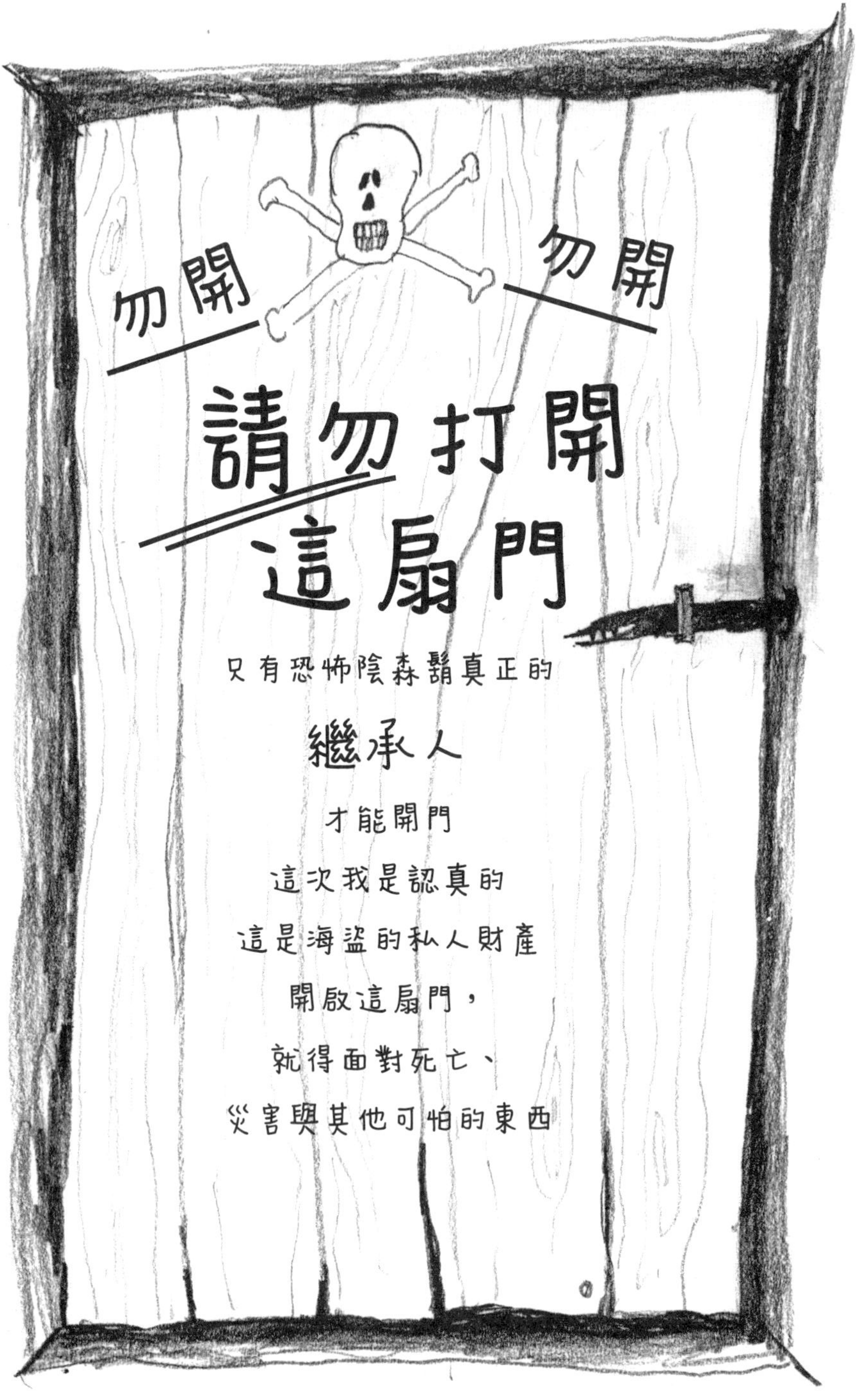
勿開
勿開
請勿打開
這扇門
只有恐怖陰森鬍真正的
繼承人
才能開門
這次我是認真的
這是海盜的私人財產
開啟這扇門，
就得面對死亡、
災害與其他可怕的東西

的人，作夢也無法想像這麼多寶物的畫面。

這些財寶美得不可方物，三個人和一隻龍彷彿被磁鐵吸引，默默走進洞窟。

所有寶貝都被堆成小山，一面印著凱撒頭像、另一面是海神涅普頓頭像的金幣堆積成山。比干貝還大的紅寶石與比人魚眼睛還綠的綠寶石，同樣堆積成山。海馬圖樣的精緻銀杯、比干貝更大的黃金項鍊，還有劍柄刻了章魚觸手、比海鰻利牙還尖銳的利劍。

這是能讓人迷失自我、失去神識、忘了外面那個世界的財寶。

「我的天啊。」奸險的阿爾文讚嘆著踏上前。「我的天啊，天啊天啊……」

他拿起一個圓潤可愛的黃金酒樽，杯緣是嬉戲的黃金海豚，海豚刻得太過精緻美麗，乍看之下彷彿有活生生的小海豚在金色海洋中跳躍。

沒牙、小嗝嗝與魚腳司回過神來，趁阿爾文欣賞財寶時慢慢退往敞開的門。

但阿爾文用眼角瞥見他們，他伸長手臂，用暴風寶劍的劍尖闔上門。

「沒問過阿爾文，怎麼能擅自離開呢？」他說。

「阿爾文，」小嗝嗝緊張地說。「你剛剛發過誓，只要我開門，你就不會殺我們。」

「是——沒——錯，」阿爾文又看了看金杯，他鬆開手，讓杯子輕輕落回成堆的寶物上。「問題是，我們流放者不一定會遵守對他人的承諾。我想，這是家庭教育的問題，我母親從來沒愛過我。我雖然不遵守對其他人的承諾，還是會遵守對自己許下的承諾，我告訴你們，很久很久以前，在我的手被棺材夾斷時，我對自己許下了不可違反的諾言。」

阿爾文瞇起含著笑意的眼睛，如兇惡的巨蟹緩緩挪向小嗝嗝。「小嗝嗝，其實我不討厭你這個人，可是我那天對自己發過誓，」他繼續笑著說。「我一定一定要找到陰森鬍的寶藏，並且殺死他的繼承人。用一隻手換一個繼承人，這不是很公平嗎？」

說完，他拿暴風寶劍猛砍向小嗝嗝。

小嗝嗝驚險躲過那一劍，他敏捷地跳上最近的一堆財寶，手腳並用往上爬。

「我不僅要殺死陰森鬍的繼承人，還要用陰森鬍的寶劍殺死你。」阿爾文輕笑著說。「俗話說造化弄人，果然不假。」

「沒牙！」小嗝嗝大喊。「給我一把劍！」

阿爾文跟著小嗝嗝爬上財寶堆，猛力砍向他的頭。

小嗝嗝看到一個黃金做的大車輪，連忙躲到後面。

「沒——牙——！」他高呼。「快——一——點！」

「好啦好啦，」沒牙飛到不遠處一堆武器上方，嘴裡低聲嘀咕。「別、別、別一直催，沒、沒、沒牙已經盡快了。」

沒牙試了三把劍，每一把都和暴風寶劍一樣又大又精美，但這三把劍都太重了。

沒牙只好挑一把比較短小、沒什麼特色看起來卻還算耐用、劍刃有點生鏽的劍，這把劍夠輕，牠用兩隻手爪就能舉起來。沒牙帶著這把劍飛向小嗝嗝，這時候小嗝嗝正努力爬上寶藏山，爬了大約四分之一。阿爾文緊跟在小嗝嗝背後，他半瞇著的眼裡閃爍紅光，爪裡的暴風寶劍毫無顧忌地瘋狂揮砍。

沒牙將生鏽的劍拋到小嗝嗝手裡，小嗝嗝及時接住它，剛好擋下阿爾文凶猛的一劍——如果那一劍真的砍在小嗝嗝脖子上，他肯定當場斷頭。

小嗝嗝的右手不久前剛脫臼，現在還

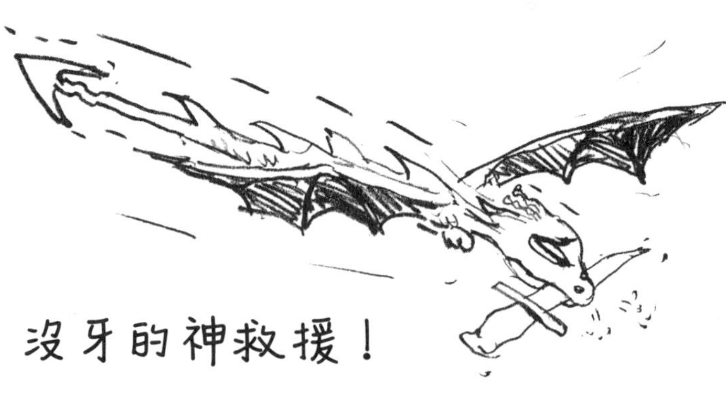

用布條固定在胸前，所以他是用「左手」接住沒牙丟來的劍。

我一定撐不了多久。他心想。阿爾文是成年男人，小嗝嗝不過是個男孩，之前在島上還是用右手持劍時，劍技就已經慘不忍睹了，現在用左手還得了？

「小嗝嗝，劍尖朝『上』。」魚腳司努力跟著爬上財寶堆，邊喊出建議。「隨時注意你們兩人的劍，手腕保持穩定，別忘了站穩腳步……」

奸險的阿爾文又大力斬向小嗝嗝的腹部，小嗝嗝驚訝地發現左手自動往上抬，剛剛好擋下那一劍。

阿爾文也嚇了一跳，他將巨劍高舉過他那顆邪惡的腦袋，直直斬向小嗝嗝的脖子。快要被劈中時，小嗝嗝的左手又迅速舉劍，接下阿爾文的攻擊。

這下阿爾文震驚了，他開始又快又狠地劈砍揮刺，而小嗝嗝

的左手似乎活了起來，接連擋下阿爾文的攻勢。

「唉呀，我的劍旗魚啊！」魚腳司驚呼。「原來小嗝嗝是『左撇子』。」

當然，若現在回顧當年的戰鬥，小嗝嗝並不覺得自己的表現值得誇耀。這是因為他長大後成了超強劍鬥士，可說是天才劍術師，和後來精采絕倫的表現相比，此時的技術還不夠純熟，招式也是防禦多過攻擊。

我很想把奸險的阿爾文說得很厲害，讓你覺得小嗝嗝也很厲害，但實際上阿爾文的劍鬥術只能算是中等，比起面對面戰鬥，他更喜歡在敵人的杯子裡下毒，或拿大石頭從背後把人砸死。

儘管如此，阿爾文的年紀還是比小嗝嗝大，他更加強壯，經驗也豐

富得多。

這並不是小嗝嗝這輩子最壯麗的一戰，但他每每想起自己和阿爾文在海底洞穴的戰鬥，還是感到無比驕傲、無比驚訝。

因為小嗝嗝是在這一刻發現：他其實是左撇子。

想想看，假如你上半輩子一直用手走路，可是再怎麼努力還是一直跌倒、一直走不好，每次比賽都最後一名，某天突然發現自己其實可以用腳行走，那感覺多棒啊！

小嗝嗝現在第一次用左手持劍戰鬥就是這種感覺，他興奮得越打越愉悅。

沒牙也飛過來幫忙，牠衝下來攻擊阿爾文的頭，不讓他專心對付小嗝嗝。

「這不太公平吧？」阿爾文笑著說。「陰森翳的繼承人怎麼會二打一呢？」

小嗝嗝被興奮沖昏了頭，他高呼：「沒牙，讓我自己來！」

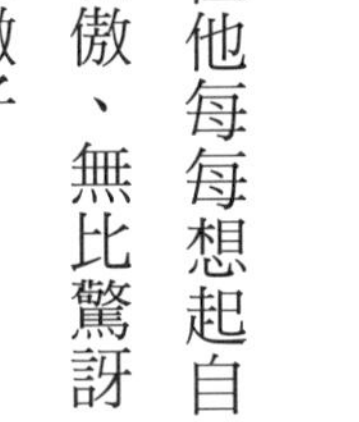

「什麼叫讓你自己來？」魚腳司怒吼。「什麼**讓你自己來？沒**

劍鬥術

5.

以少敵多戰技
記得把重心放在後腳。

還有，小心別用斧頭砍了自己的腦袋。

迷惑對手的翻滾技巧

只推薦給非常有自信的人。

4. 劍鬥術

圖 1：
膝蓋彎曲，
手舉過頭，
放鬆身體
然後轉動
臂部，往前
刺……

圖 2：
……衝！

刺衝

毀滅者的防禦

a. 把劍舉到頭頂。
b. 發出震耳欲聾的狂吼。
c. 雙腳跳起來的同時，用劍往前砍。

牙，你繼續！不要聽他的！小嗝嗝，這是『現實生活』，跟海上鬥劍課不一樣，有人要幫你，你就該接受……」

其實之前的海上鬥劍課對小嗝嗝助益良多。

財寶不停在小嗝嗝腳下滑動，地形時時刻刻在變，宛如站在隨波起伏的甲板上，所以小嗝嗝比阿爾文更能站穩腳步，不會一直失去平衡。

但是，即使小嗝嗝打得很開心，還得到沒牙的幫助，他和阿爾文一時間卻分不出勝負。奸險的阿爾文面帶陰險微笑，眼裡閃爍著紅光，恢復平時的從容自若，又開始一步步逼近。

「小嗝嗝，來嘛。」他滿嘴甜言蜜語。「我們不是老朋友了嗎？你在怕什麼？我怎麼可能傷害——」（砍）「——你呢？」（砍）

「阿爾文，你聽我說，」小嗝嗝邊接招邊勸道。「別再想寶藏的事了，我們一定能平安離開這裡的……」

「我當然能平安離開，」阿爾文信誓旦旦。「殺死你們以後，我就會離開了。」

「阿爾文，」小嗝嗝繼續勸說。「現在改變還不遲，你還有機會過不一樣的生活、交朋友、組成自己的家庭……」

「別說了，」阿爾文說。「我都快笑死了！你想給我從頭來過的機會？哈哈哈，這是什麼笑話？你不過是個小屁孩，和我這個成年人戰鬥，還能撐多久？你都快死了，還想給我第二次機會？你太老好人了吧。」他又猛刺向小嗝嗝，小嗝嗝勉強閃過，還差點摔倒。

「我現在要改，已經來不及了，」阿爾文哈哈大笑。「我從頭到腳都是壞人，而且我很喜歡當壞人。現在，我是寶藏的主人，我最喜歡當主人了。」小嗝嗝扒抓著不斷滑動的錢堆、拚命恢復平衡時，阿爾文高高舉起暴風寶劍。

「不過看你這麼關心我，我十分欣慰。」說完，阿爾文用力往下劈，要不是

小嗝嗝在最後一秒跳開，想必已經被劈成兩半了。

於是，本該把小嗝嗝劈成兩半的這一劍害阿爾文失去平衡，他倒退一步，踩上後面的財寶堆，他們剛才打得這麼激烈，倒是一直沒爬上這座小山……

……被阿爾文這麼一踩，財寶彷彿活了過來，突然揚起頭。

第十八章　恐怖陰森髑最後的「驚喜」

整堆財寶立了起來，晃了晃身體，各種酒杯、珠寶、刀劍與錢幣如熔岩般從側面滾落。

長得像白色粗繩的東西從財寶堆探出來，纏住阿爾文的腰。

那不是繩子。

是一條難看至極的白色觸手，像是由白色肥肉所組成，上頭還有很多小凹洞，不停漏出難聞噁心的灰白色黏液。

阿爾文驚聲尖叫，他看著財寶下的生物顯露真身，這隻生物之前一直在財寶堆下沉睡，是阿爾文和小嗝嗝的戰鬥吵醒了牠。

這，是恐怖陰森翳最後的「驚喜」，他的最後一道陷阱。

小嗝嗝只聽過這種生物的傳說，從未親眼目睹，也打從心底希望自己再也不用看到這個東西。陰森翳想必是故意把這隻生物放在洞穴裡，讓牠幫忙守衛寶藏。

昨天嚇死迷路的小致命納得的，就是牠，一隻「恐絞龍」。

恐絞龍是一種龐然怪獸，牠們和龍、章魚與蛇有親緣關係，身上雖然有皺巴巴的迷你龍翼和龍的四肢，卻無法使用這些部位；牠們通常像巨蛇般在地底洞穴中爬行，所經之處必然會沾上牠們的黏液。

這隻恐絞龍的身軀沒有顏色，牠從未見過日光，但觸手顯然探到了野龍崖較高處的洞穴，因為你能從牠透明的身體中，看見幾隻尚未消化完全的龍躺在消化系統——位置偏向絞龍身體底部的龍動也不動，但牠近期吃的幾隻龍還在掙扎，有一隻

困在喉嚨裡，正拍著翅膀試圖逃走。

對自然生物頗有研究的小嗝嗝，立刻認出巨獸消化道裡的幾種龍：猛烈凶魘、致命納得及三隻普通花園龍。

恐絞龍的腦袋和體型相比實在太小，牠無法感覺或控制所有的觸手，因此觸手會自己在洞穴裡爬行，如同獨立的生物。這隻怪獸必須非常專注，才能讓抓著阿爾文的觸手很慢、很慢地移到牠面前，仔細看看這種陌生的新動物。

「是食——屋？」牠若有所思地嘶聲說。

小嗝嗝鬆了一口氣，感動得差點哭出來。因為這隻怪獸說的雖然是很古老的龍語方言，但至少還是他聽得懂的龍語。

在小嗝嗝看來，只要你能和準備殺你的人或生物溝通，就有機會活下去。

阿爾文奮力掙扎，用暴風寶劍劈砍那條緊抓著他的觸手。

「你用你的小刺——刺搔——我癢？」怪獸說。「那我也搔——你癢……」

牠慢條斯理地將尾巴伸到阿爾文面前，晃了晃。

小嗝嗝在體型較小的龍身上看過這種尾巴，它內部充滿最純粹的草綠色毒液，還自帶活塞，只要尾巴尖端刺入獵物的皮膚，活塞往下壓，獵物就能跟可愛的世界說再見，上英靈神殿見奧丁去了。

好棒喔，小嗝嗝心想。**這隻恐絞龍「有毒」**。**我最喜歡有毒的龍了**。

阿爾文看到那條致命的尾巴，立刻昏了過去，他最怕打針了。

眼看阿爾文昏了過去，恐絞龍乾脆不注射毒液，直接把他連著暴風寶劍吞下肚。

小嗝嗝驚恐地看著阿爾文醒過來，沿著恐絞龍透明的喉嚨往下滑，邊滑邊掙扎。

吃人肉的人自己也被吃了，小嗝嗝又想。**造化弄人這句話果然不假**。

有時候，強迫自己站著不動，比強迫自己逃走來得困難，但小嗝嗝知道這隻恐絞龍太大了，他不可能逃脫。小嗝嗝站在原地一動也不動，默默祈禱這隻怪獸和其他地底生物一樣視力很差，不會注意到他。

恐絞龍的視力或許真的很差，但其中一條亂爬亂動的觸手不小心碰到他；它碰到溫暖的東西就立刻纏上去，把小嗝嗝舉到空中。

「快想辦法！」站在地上的魚腳司狂吼。「快想個絕佳妙計！」

「謝謝你提醒我啊，魚腳司。」小嗝嗝挖苦道。他的心思像困在網子裡的蝦子，不停地亂蹦亂跳，思考的同時還得無視那條擠得他呼吸困難的觸手。「我知道啦……**沒牙！快過來！**」

觸手把小嗝嗝翻來覆去，沒牙飛過來，盡量靠近小嗝嗝。小嗝嗝對著小龍的耳朵大叫幾句。

「這個計、計、計、計畫一點也不妙。」沒牙搖著頭呻吟。

「你就聽我這麼一次——一次！不行嗎！」小嗝嗝又喊。

小嗝嗝和沒牙交談期間，怪獸一直沒注意到自己有抓到東西，小嗝嗝說不定能趁怪獸看到他之前逃走。他用劍戳刺那條纏著他軀幹的黏滑觸手，觸手似乎稍微鬆開了……

魚腳司站在寶物堆底部，努力想辦法幫忙。

一把珠光寶氣的重劍躺在魚腳司面前的地上，他勉強撿起那把幾乎和自己一樣高的劍，將劍高舉過頭，用力得臉都漲成了紫色。他準備用劍刺怪獸的肚子……

非常不幸，那把劍實在太重了，魚腳司舉著劍非、常、緩、慢地往後倒。他身後的地上有面青銅盾牌，他重重摔在盾牌上，瞬間不省人事。

他將劍高高舉
到頭頂……

魚腳司的頭撞到盾牌，發出洪亮的聲響，怪獸黯淡的眼睛裡終於出現一絲光芒，視線聚焦在小嗝嗝身上。牠的觸手陡然收緊，小嗝嗝根本不可能脫身。

「更多食——屋？」牠喃喃自語。

「不是食物！」小嗝嗝吶喊。「我有毒，非常非常毒！」

「有——毒——？」怪獸嘶聲說。「牠會說——華，而且還有——毒，是——嗎？『窩』也有——毒，你說——是——不是——？」

牠將致命的尖尾巴舉到小嗝嗝面前，晃了晃。

「窩不喜歡食屋說——華……」怪獸嘀咕。「會說——華的都很狡——猾……趁牠還沒騙——窩，先殺——了牠……」

牠的觸手纏得更緊，準備把小嗝嗝活活擠死。

「你的話非常有趣，」小嗝嗝被擠得眼珠子都凸出來了，他勉強開口說話。「那，你打算怎麼殺了我？」

恐絞龍思考起該怎麼回答，纏著小嗝嗝胸口的觸手稍微放鬆。

「這——個嗎，」牠緩緩說。「窩想——把你擠——死……」

「不瞞你說，」小嗝嗝喘著氣說。「我之所以這麼問，是因為我上次差點被一隻巨無霸海龍吞下肚，那隻海龍說你們這些地底龍都是原始動物，沒什麼了不起。他說你們只會用絞殺這種簡單的方式殺人。」

怪獸的擠壓徹底停止。

「沒禮——貌，」牠自尊心受創了。「那隻——沒禮——貌的巨大東東是——什麼？」

「你別抓得這麼緊，」小嗝嗝說。「這樣我才能回答你的問題。」

「好喔，」恐絞龍說。「可是——你不准——搞怪，不然窩我會森——氣。」

怪獸緩緩鬆開觸手，現在觸手雖然纏著小嗝嗝，卻不再擠壓他的胸腔，小嗝嗝微微放下心，大口喘氣。

「巨無霸海龍啊，」小嗝嗝接著說。「這是一種跟山一樣大，超級可怕的殺人機器……」

「窩也很——大——啊……」怪獸指出。

「『他』很厲害，可以用三種方法殺人。」小嗝嗝又說。「『他』可以用爪子把你撕碎，還可以用牙齒把你咬碎，或是用火把你烤熟。」

「窩也……可——以——啊……」怪獸比較沒那麼有自信了。

「你做不到，」小嗝嗝告訴牠。「你沒有爪子，沒有牙齒，也沒有龍火。」

「沒有又怎——樣，」恐絞龍很失望。「窩可——以——把你擠——死……」說著，牠心情又好了起來，觸手又施了力。

「這種殺人方法已經過、時、了！」小嗝嗝連忙尖叫。「要不要改用毒殺？這才是目前最流行的殺人方式，而且我跟你說，巨無霸海龍沒有毒液……」

「真——的嗎？」怪獸心情大好。

「對啊。」小嗝嗝說。「其實我一直很想知道你酷炫的毒液有什麼效果。」

「這——種死——法很淒殘——喔。」怪獸警告他。

牠將尖銳的尾巴對準小嗝嗝心臟。

說時遲，那時快，沒牙突然飛到恐絞龍眼前，上下左右地亂飛一通，恐絞龍一時無法專心，等到牠的小腦袋命令觸手趕走沒牙，牠的心情又變差了。

「窩不是——叫你不要

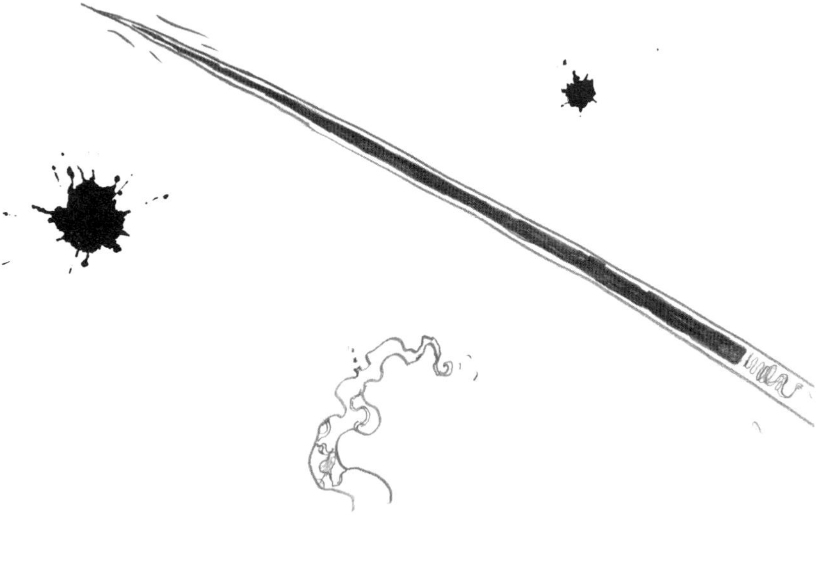

搞——怪嗎！」牠惡狠狠地嘶聲說。「窩讓——你閉嘴……」

魚腳司恢復意識時，恰巧看到恐絞龍將尾巴尖端所有的毒液——足以毒死羅馬境內所有人的毒液——注入小嗝嗝衣服下的皮肉。

第十九章　恐怖陰森翳的繼承人

「那麼，」小嗝嗝用閒話家常的語氣說。「等毒液生效的這段時間，你可以幫我介紹毒液的作用嗎？」

「這——個嘛，」恐絞龍得意洋洋。「你的觸手——會開始——變僵硬，斯——去控制……」

「我覺得腳有點刺刺麻麻的。」小嗝嗝說。

恐絞龍自己的觸手正僵直地亂跳。

「有些——獵物死——前會變成綠色……」恐絞龍愉悅地嘶聲說。

「我左手好像有點綠綠的，」小嗝嗝說。「會不會是錯覺？」

他的手一點也不綠，皮膚和平常一樣白，還有幾顆雀斑。

倒是恐紋龍透明的身體出現詭異的綠雲，消化道裡可憐的獵物逐漸被綠色包圍，直到幾乎看不見。

「……然後——毒液流到頭部，」恐紋龍繼續說。「神——經系——統會爆——炸……」

牠一臉期待地看著小嗝嗝，可是小嗝嗝沒有要爆炸的跡象。

「這就怪——了，」恐紋龍說。「怎——麼沒效……」

「說不定毒液在一些人身上作用得比較慢。」小嗝嗝安慰牠。「唉呀，我看你氣色不佳，要不要先躺下來休息？」

恐紋龍低頭看看自己，現在綠雲已經擴散到牠身體各處，侵蝕起牠小小的腦袋……

啊啊啊啊啊啊啊啊啊啊啊啊啊啊啊——恐絞龍尖叫。

恐絞龍的神經系統就這麼爆炸了。

牠的神經傳導迴路全像燈泡那樣亮起，瘋了似地掙扎扭動，撞壞洞壁的岩石，還撞得金銀珠寶滿天飛。

魚腳司躲在一顆突出的岩石後面，免得被狂亂甩動的觸手打到，沒牙爬進洞頂一道岩縫。恐絞龍失控地撞擊洞壁，發出痛苦的原始尖吼，這個動作持續了大約一分半鐘後，牠每一條觸手都僵直不動，沉重的軀體整個倒在地上。

恐絞龍又痛苦地抽搐幾下，危險的尖尾巴瘋狂甩動一、兩秒。最後，洞窟裡只剩死寂，塵雲漸漸散去。

魚腳司從岩石後爬出來。

他手忙腳亂地爬過黏答答的落石、黏答答的財寶，甚至是黏答答的恐絞龍觸手，尋找小嗝嗝的身影。

小嗝嗝現在頭昏眼花，但至少還活著。他剛剛被觸手抓著四處亂甩，晃得牙齒打顫，不過恐絞龍巨大的觸手包著他的身體，他沒有受傷。

他對魚腳司與沒牙粲然一笑。

「真是隻笨蛋怪獸。」他說。

「你是怎麼做到的？你到底是怎麼做到的？」魚腳司和沒牙幫小嗝嗝移開纏著他的觸手時，魚腳司不停驚奇地發問。

小嗝嗝撩起上衣下襬，魚腳司和沒牙看到他胸口纏著東西，那是恐絞龍的觸手末端……果凍般半透明的肉裡，有一個被針刺傷的傷口，表皮下還有清晰可見的綠色毒液。

剛才，沒牙使怪獸分心時，小嗝嗝用上衣蓋住觸手末端，怪獸幾乎感覺不到自己肢體的末梢，所以根本沒發現尾巴刺穿小嗝嗝的白上衣之後，將毒液注入「牠自己」的觸手了。

「要不是你運氣超級無敵好，」魚腳司終於開口。

「你早就掛了。」

「我是靠運氣活下來的沒錯，」小嗝嗝開心地承認。「但重點是，我們都還活著。」

魚腳司對他露出笑容，沒牙在空中翻了三個跟斗，還發出歡慶的雞叫聲。

「還有，你的劍鬥術什麼時候變這麼厲害的？你以前不是技術超爛嗎？」

「換隻手就不一樣了。」小嗝嗝有點不好意思地輕聲回答。

「你是左撇子劍術天才，今天不但打敗奸險的阿爾文，還殺了一隻恐絞龍。」魚腳司驕傲地說。「等我們回去跟大家講，他們一定會很佩服，不知道鼻涕粗看到這些財寶會露出什麼樣的表情？他在尖頭龍島挖到的小箱子跟這些比，根本是小巫見大巫！」

「是沒錯……」小嗝嗝緩緩地說。「可是我們還沒逃出這個沒有出口的地底洞穴，等我們離開這裡再慶祝吧。」

魚腳司垮下了臉。「說得也是。」他承認。「可是這個洞穴應該有通到野龍崖的山洞吧？不然這隻怪獸肚子裡怎麼會有這麼多龍？他應該從好幾年前就開始吃幼龍窩裡的龍了。只要回到卡利班洞穴群，然後——」

「不、不、不行。」沒牙堅定地說。「沒、沒、沒牙是在那裡長大的，沒牙知道那裡有其他更大，更壞、壞、壞的生、生、生物……」

「好吧，」小嗝嗝說。「那我們原路折返。只能祈禱那扇門沒有封死了。」

門並沒有封死。

開門時，小嗝嗝注意到門的這一側釘著一張紙。

那是一封信。

信上潦草的字跡和陰森鬍的謎題一模一樣，根據紙上的文字，這是給「恐怖陰森鬍真正的繼承人」的一封信。

小嗝嗝扯下紙張，開始閱讀。

群，我還把一隻恐紋龍幼龍放在洞穴裡，等牠長大，一定會成為可怕的寶藏守護龍。希望在未來，人們有辦法擁有這些美麗又危險的寶貝，並有智慧地使用它們。

希望我的繼承人是個龍語專家和劍鬥士，能夠和怪獸交談，還能駕馭索爾的雷電……總有一天，這位繼承人會來找到我的寶藏，我願意把所有財寶送給他，相信他知道該怎麼做。

祝你好運，一路順風。

恐怖陰森鬍

PS：希望你身邊有帶一隻龍，牠能幫你回到海面……否則非常抱歉，你死定了。

親愛的繼承人，

（信上寫道）

我做為維京人活了精采的一輩子，但現在我老了，我發現自己過去五十年的玩耍、搶劫、戰鬥與自由無法帶給我快樂，我開始覺得，也許我錯了。我用我的財寶舉例好了：在故事中，偷盜財寶是我「最了不起的事蹟」，但自從得到這些寶貝，曾經和睦相處的海盜團就因為「貪婪」和「野心」而四分五裂。

我們還沒辦法擁有這些財寶，所以，我決定讓它消失。

我知道有些人聽到祕寶的傳聞，會想方設法來尋寶，所以我在尖頭龍島埋了一小箱寶物當作誘餌，讓人以為尋寶冒險到那裡就結束了。實際上，「真正的寶藏」被我藏在這個地底洞穴，我的龍花了好幾個月來回游泳，才把所有財寶藏進洞穴。洞穴的一邊是深海，另一邊是卡利班洞穴

「也許恐怖陰森鬍沒有我們想的那麼壞……」小嗝嗝緩緩地說。

「你看吧，」魚腳司站在小嗝嗝背後讀信。「他說這是你的寶藏，所以你想拿來做什麼都隨便你。」

小嗝嗝嘆一口氣，回憶起史圖依克拿起暴風寶劍時眼裡的貪婪異光，以及大屁股和史圖依克為了搶寶藏而大吵一架的事。

「嗯，」小嗝嗝說。「我

知道該怎麼做了。」

他從地上撿起一塊木炭，在信的最底部寫下幾個字，將紙釘回門上。

「**還……不……行……**」魚腳司唸道。

小嗝嗝回到外面的洞穴，研究起通往深海的水池，魚腳司連忙追上去。

「『還不行』是什麼意思？」魚腳司問。

「意思是，」小嗝嗝說。「我不會把寶藏帶出去，這是我們的『祕密』，不可以告訴任何人。如果我們活著回家，就告訴大家我們被水沖到比較遠的海灘，絕對、絕對、絕對不可以提到這個洞穴。」

「**你在開玩笑吧，**」魚腳司一臉不可置信。「我們可以當『英雄』耶，而且不告訴大家真相的話，他們會覺得鼻涕粗才是毛流氓部族真正的繼承人。」

小嗝嗝也很難過。「你說得對，」他說。「可是，如果我『真的』是毛流氓部族的繼承人，我就該為部族著想，對不對？這些財寶會帶來各種麻煩，不把寶藏的事情說出去，才是最好的選擇。」

小嗝嗝說什麼也不肯改變心意。

「我們還是專心想辦法回家吧。」他說。

小嗝嗝花了兩、三個小時，才想到怎麼用一隻龍帶自己和魚腳司從數百英尺深的海底游回海面，並且不在過程中溺死。

若你哪天遇到類似的情況，可以參考他想到的方法。

答案其實很簡單，龍呼吸時吐出的氣體幾乎是純氧，這也是牠們能噴火的原因。小嗝嗝他們只要慢慢往水面游（不能太快，否則無法適應壓力變化），肺裡的空氣如果用完了，沒牙就游過去往小嗝嗝和魚腳司鼻孔吹氣。

龍族永遠不會遇到空氣用完的問題，牠們頭上的角下方長了鰓，能在潛到海裡的瞬間關閉肺功能，透過鰓呼吸水中的氧。

游了大概十分鐘，小嗝嗝和魚腳司浮上水面，距離幸運十三號沉船的位置不遠，因此海面上漂著各式各樣的殘骸。他們分別抱住一支船槳的兩端，游泳繞過海崖，來到適合登陸的沙灘。

回家路上，魚腳司一直試圖勸小嗝嗝回心轉意。

最後，魚腳司不耐地說：「就你這種態度，你『永遠』不可能當英雄。沒有人幫你鼓掌歡呼，你要怎麼當英雄？」

「那好吧，」小嗝嗝嘆氣說。「不能當英雄就算了。我只知道我是毛流氓部族的未來，我希望我們的部族到了未來還能好好存在，這比我當不當英雄重要得多。」

他們蹣跚地穿過重重石楠叢，來到毛流氓村。不知為何，村莊似乎杳無人煙，煙囪沒有冒煙，街上沒有小孩在爭吵，茅草中也沒有龍在打鬥。

「拜託拜託，偉大的奧丁啊，」小嗝嗝開始祈禱。「拜託別跟我說大家都死了。」

大家都還活著。

沒有人在幸運十三號沉船時喪命，真是天大的奇蹟。

毛流氓們划著擠滿了人的雙髻鯊號回博克島，流放者們則被當成俘虜綁起來。

毛流氓們一如往常地大方，讓流放者們自由離開。

流放者們恐怕不怎麼感激，毛流氓部族在未來還會和這群凶悍的野蠻人相遇——但現在，流放者們丟了武器與自尊，氣得牙癢癢的，回到流放者部族領地。

毛流氓這邊的情況也不太好，他們向來吃苦耐勞，身為維京海盜，他們早就習慣了葬身大海的風險，但無論小嗝嗝是不是毛流氓部族的繼承人，他依然是族長唯一的兒子，失去他對部族造成重大的打擊。

史圖依克在海邊呆坐了一個小時。鼻涕粗的寶藏消失在水面下之後，它便完全失去了魅力。史圖依克腦中不停浮現小嗝嗝站在幸運十三號甲板上，大聲說「**我是偉大的史圖依克的繼承人**」的模樣。

他扯下金耳環，把它們用力丟進海裡，而後回家坐在奧丁的神桌前。

這就是為什麼魚腳司、小嗝嗝和沒牙跌跌撞撞地回到毛流氓村時，所有人都緊閉門窗，沒有生火。

一陣風剛好吹得打嗝戈伯家的木窗打開了，戈伯走去關窗戶的時候，恰好望見兩個男孩和一隻龍狼狽不堪地走在路上……他忍不住大吼：「**他們還活著！**」

這句話彷彿點燃山丘上的烽火，訊息傳到下一戶人家、下下一戶人家，一直傳下去。毛流氓們宛如興奮的象鼻海豹，紛紛衝出了家門，湧上前用孔武有力的肩膀把小嗝嗝、魚腳司與沒牙扛起來，開心地高喊：「他們還活著！他們還活著！**他們還活著！他們還活著！**」

本來看到大家忙著為小嗝嗝和魚腳司哀悼、沒有人要祝賀「他」在尖頭龍島上成為英雄時，鼻涕粗的心情就很糟了。

現在聽到屋外的吵雜聲、好奇地跑出去，竟然被打嗝戈伯和沒腦袋阿笨撞開，又差點被扛著小嗝嗝大聲歡呼鼓掌的族人踩扁——他現在有多氣憤，應該不難想像。

小嗝嗝很明顯沒有死掉，沒有溺斃，他依舊擋在鼻涕粗成為毛流氓部族族長的路上。

歡慶的毛流氓們來到族長家門口，邊敲門邊高呼：「快開門，快開門啊！他們還活著！他們還活著！」

偉大的史圖依克作夢似地抬起毛茸茸的頭，踉蹌地走到門口，看到「他的兒子」——小嗝嗝——站在門前臺階上。

偉大的史圖依克．海上霸主．毛流氓最高統治者．聽到這個名字就盡情發抖吧．咳．呸一把抱起兒子，緊

緊抱著他不放，旁觀的群眾不停歡呼鼓譟。這就是沒牙在一天下午找到不可思議的寶藏、又失去那些財寶的故事……

……也是小嗝嗝終於得到一把劍，並學會劍鬥術的故事……

……還是魚腳司發現，即使你不是英雄，也可能像英雄一樣，受人熱情歡迎的故事。

小嗝嗝的後記

那次冒險過後幾個月，我作了一場夢。

那是場和船難有關的夢，我之所以夢到這個，可能是因為最近一直遭遇船難。夢中那艘船名叫無盡冒險號，它消失在海面下的前一刻，一臉凶悍、面帶奇怪笑容的船長將一把劍用力拋上天空，劍在空中轉了一圈又一圈，穿過大氣層到了外太空，飛向星辰與永無止盡的時光。一回神，我發現自己的左手不知何時伸了出去，接住那把劍。

醒來的瞬間，我下床拿出沒牙在寶藏洞窟裡幫我撿的那把劍，也就是我和奸險的阿爾文戰鬥用的劍。我拿著那把其貌不揚的劍看了半個小時，在手裡翻來轉去，最後轉了轉劍柄末端的圓球。

圓球掉了下來，露出劍柄裡的小空間，以及一張捲起的紙片。那張小小的紙片上，寫著幾行字。

現在，我年紀大了，想來恐怖陰森鬍命令他的龍帶著財寶游到海底洞穴時，也是我這個年紀。我、沒牙和魚腳司一直沒說出多年前的祕密……

不過既然要寫回憶錄，就必須確實寫下那天發生的一切，在我成為英雄的路上，那是非常重要的一天。我知道我不可能讓和我生在同一時代的人看這本回憶錄，但我還是要寫下來。

把事情都記錄在紙上後，我會將這疊紙放進箱子鎖好，再把箱子丟進海裡。

恐怖陰森鬍
最後的
遺囑

我把我最喜歡的這把劍，留給我真正的繼承人。這是因為暴風寶劍總是微微往左偏，而且有時候，最好的東西「看起來」不見得最好。祝你成為比我更好的領袖。

陰森鬍

G.G.

丟出去時，我會像恐怖陰森鬍一樣，祈禱以後會有個人找到我的回憶錄，希望這個人能成為比我更好的領袖。

希望這個人生活在很遙遠、很遙遠的未來，比現在更文明的未來——希望到了那時候，人們有辦法擁有美麗又危險的東西，並有智慧地使用它們。

小嗝嗝應該再也不會遇到「奸險的阿爾文」那個大壞蛋了吧？

阿爾文醜惡的鐵爪隨著「幸運十三號」沉到海底，他本人則在地底深處被恐紋龍吞下肚……

應該，沒有人能活著逃出來吧？

應該是這樣吧？

敬請期待小嗝嗝的下一本回憶錄：

《馴龍高手III：陰邪堡的盜龍賊》

國家圖書館出版品預行編目資料

馴龍高手II：尖頭龍島與祕寶 / 克瑞希達．科威爾（Cressida Cowell）作；朱崇旻譯. -- 1版. -- [臺北市]：尖端出版, 2019. 2
冊；　公分
譯自：How To Be A Pirate
ISBN 978-957-10-8446-6（平裝）

873.59　　　　107020400

奇炫館
馴龍高手II：尖頭龍島與祕寶
（原名：How To Be A Pirate）

著　　者／克瑞希達・科威爾（Cressida Cowell）
封面內頁插畫／克瑞希達・科威爾（Cressida Cowell）
發　行　人／黃鎮隆
副總經理／陳君平
副　　理／洪琇菁
執行編輯／許晶翎
譯　　者／朱崇旻
美術編輯／陳聖義
企劃宣傳／邱小祐、劉宜蓉
國際版權／黃令歡
文字校對／施亞蒨
內文排版／謝青秀

出　　版／城邦文化事業股份有限公司 尖端出版
台北市中山區民生東路二段一四一號十樓
電話：（〇二）二五〇〇―七六〇〇
傳真：（〇二）二五〇〇―二六八三
E-mail：7novels@mail2.spp.com.tw
發　　行／英屬蓋曼群島商家庭傳媒股份有限公司城邦分公司 尖端出版
台北市中山區民生東路二段一四一號十樓
電話：（〇二）二五〇〇―七六〇〇（代表號）
傳真：（〇二）二五〇〇―一九七九
中彰投以北經銷／楨彥有限公司（含宜花東）
電話：（〇二）八九一九―三三六九
傳真：（〇二）八九一四―五五二四
雲嘉經銷／威信圖書有限公司 嘉義公司
電話：（〇五）二三三―三八五二
傳真：（〇五）二三三―三八六三
客服專線：〇八〇〇―〇二八―〇二八
南部經銷／威信圖書有限公司 高雄公司
電話：（〇七）三七三―〇〇七九
傳真：（〇七）三七三―〇〇八七
香港經銷／城邦（香港）出版集團有限公司
香港灣仔駱克道一九三號東超商業中心1樓
電話：（八五二）二五〇八―六二三一
傳真：（八五二）二五七八―九三三七
E-mail：hkcite@biznetvigator.com
新馬經銷／城邦（馬新）出版集團Cite（M）Sdn. Bhd.
E-mail：cite@cite.com.my
法律顧問／王子文律師 元禾法律事務所
台北市羅斯福路三段三十七號十五樓
二〇一九年二月初版一刷
二〇二〇年二月初版二刷

■中文版■

郵購注意事項：
1. 填妥劃撥單資料：帳號：50003021戶名：英屬蓋曼群島商家庭傳媒(股)公司城邦分公司。2. 通信欄內註明訂購書名與冊數。3. 劃撥金額低於500元，請加附掛號郵資50元。如劃撥日起 10～14日，仍未收到書時，請洽劃撥組。劃撥專線TEL：(03) 312-4212 ・ FAX：(03) 322-4621。E-mail：marketing@spp.com.tw